U0601136

中国古典
四大名剧
青春版

长生殿

〔清〕洪昇 著

李会诗 李统文 注释

中国书店

图书在版编目（CIP）数据

长生殿 /（清）洪昇著；李会诗，李统文注释 . --
北京：中国书店，2024.10（2024.11 重印）
（中华国学经典普及本）
ISBN 978-7-5149-3422-9

Ⅰ . ①长… Ⅱ . ①洪… ②李… ③李… Ⅲ . ①《长生
殿》Ⅳ . ① I207.37

中国国家版本馆 CIP 数据核字（2024）第 059476 号

长生殿

〔清〕洪昇 著　李会诗　李统文 注释

责任编辑：孔玲玲

出版发行 *中国书店*
地　　址：北京市西城区琉璃厂东街 115 号
邮　　编：100050
电　　话：（010）63013700（总编室）
　　　　　（010）63013567（发行部）
印　　刷：三河市嘉科万达彩色印刷有限公司
开　　本：880mm×1230mm　1/32
版　　次：2024 年 11 月第 1 版第 2 次印刷
字　　数：155 千
印　　张：7.5
书　　号：ISBN 978-7-5149-3422-9
定　　价：55.00 元

"中华国学经典普及本"编委会

顾　问（排名不分先后）

　　王守常（北京大学哲学系教授，中国文化书院
　　　　　　原院长）

　　李中华（北京大学哲学系教授、博导，中国文
　　　　　　化书院原副院长）

　　李春青（北京师范大学文学院教授、博导）

　　过常宝（北京师范大学文学院原院长、教授、
　　　　　　博导，河北大学副校长）

　　李　山（北京师范大学文学院教授、博导）

　　梁　涛（中国人民大学国学院副院长、教授、
　　　　　　博导）

　　王　颂（北京大学哲学系教授、博导，北京
　　　　　　大学佛教研究中心主任）

编写组成员（排名不分先后）

赵　新	王耀田	魏庆岷	宿春礼	于海英
齐艳杰	姜　波	焦　亮	申　楠	王　杰
白雯婷	吕凯丽	宿　磊	王光波	田爱群
何瑞欣	廖春红	史慧莉	胡乃波	曹柏光
田　恬	李锋敏	王毅龄	钱红福	梁剑威
崔明礼	宿春君	李统文		

推荐序

　　中国古典四大名剧，也被称为中国古典四大戏曲，分别是王实甫的《西厢记》、汤显祖的《牡丹亭》、洪昇的《长生殿》和孔尚任的《桃花扇》。这四部剧在中国文学史和戏剧史上都占有非常重要的地位。

　　四大名剧中，成书最早的是王实甫的《西厢记》，这部剧以唐代元稹的《莺莺传》和金代董解元的《西厢记》为蓝本，进行了艺术上的再创作，留下了至今为人所称道的爱情理想——愿普天下有情人都成眷属。汤显祖的《牡丹亭》成书于明代。汤显祖名气很大，不但在中国戏剧史上地位非常高，而且有国外学者曾经把他赞为"东方莎士比亚""曲坛伟人"。汤显祖是临川人，跟梦境有关的戏就有四部，《牡丹亭》《邯郸记》《南柯记》《紫钗记》，合称为"临川四梦"。汤显祖自称："一生四梦，得意处唯在牡丹。"可见《牡丹亭》在他心目中有着特殊的价值和意义。

　　《长生殿》和《桃花扇》都成书于清初，被誉为"清代戏曲双璧"。《长生殿》讲的是唐明皇和杨贵妃的爱情往事，

《桃花扇》讲的是明末清初秦淮名妓李香君与复社公子侯方域的传奇故事。《桃花扇》写的是改朝易代的事，可谓"借离合之情，写兴亡之感"。《长生殿》虽然没有涉及新旧朝代，但安史之乱也是唐朝盛极而衰的转折点。所以两部剧，虽然表面写的都是爱情故事，但对政治和历史都有涉及。不同的是，《长生殿》更侧重于情感，而《桃花扇》更侧重于政治。这两部戏为两位戏曲家带来了极高的名声，"两家乐府盛康熙，进御均叼天子知。纵使元人多院本，勾栏争唱孔洪词"。"南洪北孔"犹如清初戏曲界的双子星，无出其右。遗憾的是，成名不久，洪昇被革职，孔尚任被罢官，虽说他们因戏成名，却也因戏断送了功名，令人唏嘘。

这些年，随着京剧、昆曲、电影等艺术形式的发展，传统戏曲尤其是古典四大名剧再次引起了年轻读者和观众们的喜爱。所以，我今天特别为大家推荐"中国古典四大名剧（青春版）"这套书。

这套书参照了多个权威版本校对，对古典四大名剧做了符合当下读者阅读口味的全新注释。可以说，这是一套用心编辑的图书，希望读者朋友们能够喜欢这套书，重新感受经典的魅力。

西梅月

前言

　　唐代大诗人白居易有感于唐明皇李隆基与贵妃杨玉环的生死爱恋，为后人创作了千古名篇《长恨歌》，诗中有这样的名句："七月七日长生殿，夜半无人私语时。在天愿作比翼鸟，在地愿为连理枝。"这写的正是他们之间的海誓山盟。

　　八百多年之后，时间到了清朝初年，一位诗人兼剧作家，以《长恨歌》中的"长生殿"为题，以其生花妙笔创制了一部讴歌李杨爱情的大剧。这位诗人兼剧作家就是洪昇。

　　洪昇（1645—1704），字昉思，号稗畦。钱塘（今浙江杭州）人。清代诗人、戏曲名家。洪昇虽然生于世宦之家，却仕途不畅，历经二十年，科举屡试不第，以至白衣终身。《长生殿》这部两卷五十出的戏剧巨著，是他历经十年、三易其稿才得以完成。剧本于康熙二十七年（1688）问世并搬上舞台之后，人们争相观看，街谈巷议，引起了社会轰动。没想到，洪昇却因戏惹祸。康熙二十八年（1689），因在孝懿皇后忌日还照常演出《长生殿》，洪昇被人举报而下狱，进而被革去国子监监生功名，他的诸多好友也因此受到牵连。所以，当时有人作诗为洪昇哀叹："可怜一曲《长生殿》，断送功名到白头。"

洪昇晚年生活穷困潦倒，唯一使他深感欣慰的是，此祸之后，《长生殿》反而流传更广，江南的达官贵人也争相主持演出。康熙四十三年（1704），江宁织造曹寅在南京排演全本《长生殿》，洪昇应邀前去观赏，事后在返回杭州途中，于乌镇酒醉后失足落水而死，终年六十岁。

《长生殿》共五十出，剧中主要依据白居易的《长恨歌》来安排情节，兼采正史、野史及白朴的《梧桐雨》、吴世美的《惊鸿记》等剧作中的有关描写作为剧情素材。全剧前半部分写唐明皇和杨贵妃的爱情故事，两人在长生殿发誓生生世世在一起，不料安史之乱起，杨贵妃命丧马嵬坡。后半部分写安史乱后唐明皇思念杨贵妃，派人"上穷碧落下黄泉"地寻找她的灵魂。杨贵妃也深深忏悔着自己生前的罪孽，日夜想念唐明皇。最终，两人在织女星等众仙帮助下，在月宫中团圆。

《长生殿》重点描写了唐朝天宝年间皇帝昏庸、政治腐败给国家带来的巨大灾难，导致王朝几乎覆灭。剧本虽然谴责了唐明皇的穷奢极侈，但也表现了对唐明皇和杨贵妃之间爱情的同情，进而间接表达了对明朝统治的同情，还寄托了美好爱情的理想。

《长生殿》在艺术表现上不仅超越了以往所有唐明皇与杨贵妃的爱情戏，而且在戏曲史上赢得了"千百年来曲中巨擘"的美誉。评论家认为这部剧作曲辞与音律俱佳，文情与声情并茂，因而与另一部经典剧作《桃花扇》并称"清初剧坛双璧"，洪昇也与《桃花扇》的作者孔尚任一起被誉为清代戏曲界的"南洪北孔"。

　　本书原文以稗畦草堂本为底本，以暖红室刻本为参校本，注释参考了相关资料，择善而从，此处不一一列举，囿于编者学识浅陋，错漏谬误难免，祈盼专家读者不吝斧正。谨致衷心谢意！

目录

自序

余览白乐天《长恨歌》及元人《秋雨梧桐》剧，辄作数日恶。南曲《惊鸿》一记，未免涉秽。从来传奇家非言情之文不能擅场；而近乃子虚乌有，动写情词赠答，数见不鲜，兼乖典则。因断章取义，借天宝遗事，缀成此剧。凡史家秽语，概削不书。非曰匿暇，亦要诸诗人忠厚之旨云尔。然而乐极哀来，垂戒来世，意即寓焉。

且古今来逞侈心而穷人欲，祸败随之，未有不悔者也。玉环倾国，卒至殒身。死而有知，情悔何极。苟非怨艾之深，尚何证仙之与有。孔子删《书》而录《秦誓》，嘉其败而能悔，殆若是欤？

第曲终难于奏雅，稍借月宫足成之。要之广寒听曲之时，即游仙上升之日。双星作合，生忉利天，情缘总归虚幻。清夜闻钟，夫亦可以蘧然梦觉矣。

康熙己未仲秋稗畦洪昇题于孤屿草堂。

第一出　传概[1]

【南吕引子】【满江红】(末上) 今古情场，问谁个真心到底？但果有精诚不散，终成连理。万里何愁南共北，两心那论生和死。笑人间儿女怅缘悭[2]，无情耳。　感金石，回天地。昭白日，垂青史。看臣忠子孝，总由情至。先圣不曾删《郑》《卫》[3]，吾侪取义翻宫徵[4]。借太真外传[5]谱新词，情而已。

【中吕慢词】【沁园春】天宝明皇，玉环妃子，宿缘正当。自华清赐浴，初承恩泽，长生乞巧，永订盟香。妙舞新成，清歌未了，鼙鼓喧阗[6]起范阳。马嵬驿，六军不发，断送红妆。　西川巡幸[7]堪伤，奈地下人间两渺茫。幸游魂悔罪，

---

[1] 传概：又称家门引子，介绍创作缘起、剧情提要。

[2] 悭：缺少。

[3] 先圣不曾删《郑》《卫》：先圣，孔子。《郑》《卫》，《诗经》里的《郑风》《卫风》，多写男女之情。

[4] 吾侪取义翻宫徵：吾侪，我们这类人。宫、徵，宫商角徵羽的略称，此泛指音乐。

[5] 太真外传：宋代乐史的小说《杨太真外传》，此处指杨贵妃的故事。

[6] 鼙鼓喧阗：战鼓喧闹。

[7] 西川巡幸：西川，西蜀。巡幸，原指皇帝外巡，此处指逃难。

已登仙籍，回銮改葬，只剩香囊。证合天孙[1]，情传羽客[2]，

钿盒金钗重寄将。月宫会[3]，霓裳遗事，流播词场。

　　唐明皇欢好霓裳宴，

　　杨贵妃魂断渔阳变。

　　鸿都客[4]引会广寒宫，

　　织女星盟证长生殿。

---

[1] 天孙：指织女，传说她是天帝的孙女。

[2] 羽客：道士。

[3] 月宫会：指唐玄宗与杨玉环重逢于月宫的情节，见第五十回《重圆》。

[4] 鸿都客：指杨道士。

第二出　定情

【大石引子】【东风第一枝】(生扮唐明皇引二内侍上)端冕中天，垂衣南面，山河一统皇唐。层霄雨露回春，深宫草木齐芳。升平早奏，韶华好，行乐何妨。愿此生终老温柔，白云不羡仙乡。

韶华入禁闱，宫树发春晖。天喜时相合，人和事不违。《九歌》[1]扬政要，《六舞》[2]散朝衣。别赏阳台乐，前旬暮雨飞。朕乃大唐天宝皇帝是也。起自潜邸[3]，入缵[4]皇图。任人不二，委姚、宋[5]于朝堂；从谏如流，列张、韩[6]于省闼。且喜塞外风清万里，民间粟贱三钱。真个太平致治，庶几贞观之年[7]；刑措[8]成风，不减汉文之世。近来机务余闲，寄情声色。

---

[1]《九歌》：夏代乐曲。

[2]《六舞》：周代乐舞。

[3]潜邸：皇帝登基前的住处。

[4]缵：继承。

[5]姚、宋：指唐开元时贤相姚崇、宋璟。

[6]张、韩：指唐开元时贤相张说（或为张九龄）、韩休。

[7]庶几贞观之年：庶几，或许，可能，差不多。意指此时的大唐相当于唐太宗"贞观之治"时的太平盛世。

[8]刑措：弃置刑法。汉文帝实行"与民休息"的政策。措，废置。

昨见宫女杨玉环，德性温和，丰姿秀丽。卜兹吉日，册为贵妃。已曾传旨，在华清池赐浴，命永新、念奴伏侍更衣。即着高力士引来朝见，想必就到也。

【玉楼春】(丑扮高力士，二宫女执扇，引旦扮杨贵妃上)恩波自喜从天降，浴罢妆成趋彩仗。(宫女)六宫未见一时愁，齐立金阶偷眼望。

(到介，丑进见生跪介)奴婢高力士见驾。册封贵妃杨氏，已到殿门候旨。(生)宣进来。(丑出介)万岁爷有旨，宣贵妃杨娘娘上殿。(旦进，拜介)臣妾贵妃杨玉环见驾，愿吾皇万岁！(内侍)平身。(旦)臣妾寒门陋质，充选掖庭[1]，忽闻宠命之加，不胜陨越[2]之惧。(生)妃子世胄名家，德容兼备。取供内职[3]，深惬朕心。(旦)万岁。(丑)平身。(旦起介，生)传旨排宴。(丑传介)(内奏乐。旦送生酒，宫女送旦酒。生正坐，旦傍坐介)

【大石过曲】【念奴娇序】(生)寰区万里，遍征求窈窕，谁堪领袖嫔嫱[4]？佳丽今朝，天付与，端的绝世无双。思想，擅宠瑶宫，褒封玉册[5]，三千粉黛总甘让。(合)惟愿取，恩情美满，地久天长。

【前腔】[换头](旦)蒙奖。沉吟半晌，怕庸姿下体，不

---

[1] 掖庭：皇宫里妃嫔的住所。
[2] 陨越：因己过而令皇帝蒙羞。陨，落。越，失。
[3] 内职：宫内女职，此指贵妃的身份。
[4] 嫔嫱：宫内女官。
[5] 玉册：指册封贵妃的文书。

堪陪从椒房[1]。受宠承恩，一霎里身判人间天上。须仿，冯嬺当熊，班姬辞辇，永持彤管侍君傍[2]。(合) 惟愿取，恩情美满，地久天长。

【前腔】[换头](宫女) 欢赏，借问从此宫中，阿谁第一？似赵家飞燕在昭阳[3]。宠爱处，应是一身承当。休让，金屋装成，玉楼歌彻，千秋万岁捧霞觞。(合) 惟愿取，恩情美满，地久天长。

【前腔】[换头](内侍) 瞻仰，日绕龙鳞，云移雉尾[4]，天颜有喜对新妆。频进酒，合殿春风飘香。堪赏，圆月摇金，余霞散绮，五云多处[5]易昏黄。(合) 惟愿取，恩情美满，地久天长。

(丑) 月上了。启万岁爷撤宴。(生) 朕与妃子同步阶前，玩月一回。(内作乐。生携旦前立，众退后，齐立介)

【中吕过曲】【古轮台】(生) 下金堂，笼灯就月细端相，庭花不及娇模样。轻偎低傍，这鬓影衣光，掩映出丰姿千状。

---

[1] 椒房：后宫嫔妃居所。

[2] "冯嬺"三句：冯嬺当熊，冯嬺为汉元帝的婕妤，曾为保护汉元帝，挺身挡住从笼中跑出来的熊。班姬辞辇，汉成帝的婕妤班姬曾谢绝汉成帝和她同坐辆车，劝成帝近贤臣、远女色。彤管，后宫女史所用的红杆笔。

[3] "似赵家"句：赵家飞燕，汉成帝皇后赵飞燕和其妹合德曾长期受到成帝的宠幸。昭阳，赵合德之居处。此处指后宫。

[4] 日绕龙鳞，云移雉尾：语出自杜甫诗《秋兴》八首之一："云移雉尾开宫扇，日绕龙鳞识圣颜。"龙鳞，指皇帝。雉尾，皇帝仪仗之雉尾扇。

[5] 五云多处：指皇帝居处，传说天子居处有五彩祥云。

（低笑，向旦介）此夕欢娱，风清月朗，笑他梦雨暗高唐[1]。（旦）追游宴赏，幸从今得侍君王。瑶阶小立，春生天语[2]，香萦仙仗[3]，玉露冷沾裳。还凝望，重重金殿宿鸳鸯。

（生）掌灯往西宫去。（丑应介，内侍、宫女各执灯引生、旦行介）（合）

【前腔】[换头] 辉煌，簇拥银烛影千行。回看处珠箔斜开，银河微亮。复道回廊，到处有香尘飘扬。夜色如何？月高仙掌。今宵占断好风光，红遮翠障，锦云中一对鸾凰。《琼花》《玉树》《春江夜月》，声声齐唱，月影过宫墙。褰[4]罗幌，好扶残醉入兰房。

（丑）启万岁爷，到西宫了。（生）内侍回避。（丑）春风开紫殿，（内侍）天乐下珠楼。（同下）

【余文】（生）花摇烛，月映窗，把良夜欢情细讲。（合）莫问他别院离宫玉漏长。

（宫女与生、旦更衣，暗下，生、旦坐介，生）银烛回光散绮罗，（旦）御香深处奉恩多。（生）六宫此夜含颦望，（合）明日争传《得宝歌》[5]。（生）朕与妃子偕老之盟，今夕伊始。（袖出钗、盒介）特携得金钗、钿盒在此，与卿定情。

---

[1] 笑他梦雨暗高唐：暗用宋玉《高唐赋》楚王与巫山神女幽会的典故。

[2] 天语：天子说的话。

[3] 仙仗：皇帝的仪仗。

[4] 褰：掀起。

[5] 《得宝歌》：乐史小说《杨太真外传》："上喜甚，谓后宫人曰：'朕得杨贵妃，如得至宝也。'乃制曲子曰《得宝子》。"

【越调近词】【绵搭絮】(生)这金钗钿盒百宝翠花攒。我紧护怀中，珍重奇擎有万般。今夜把这钗呵，与你助云盘[1]，斜插双鸾；这盒呵，早晚深藏锦袖，密裹香纨。愿似他并翅交飞，牢扣同心结合欢。(付旦介，旦接钗、盒谢介)

【前腔】[换头]谢金钗钿盒赐予奉君欢。只恐寒姿，消不得天家雨露团。(作背看介)恰偷观，凤翥[2]龙蟠，爱杀这双头旖旎，两扇团圞。惟愿取情似坚金，钗不单分盒永完。

(生)胧明春月照花枝，元稹

(旦)始是新承恩泽时。白居易

(生)长倚玉人心自醉，雍陶

(合)年年岁岁乐于斯[3]。赵彦昭

---

[1] 云盘：发髻。
[2] 翥：飞。
[3] "胧明春月照花枝"四句：这四句为下场诗。从本出开始，下场诗都用唐诗集句，简称"集唐"。

第三出　贿权

【正宫引子】【破阵子】（净扮安禄山箭衣、毡帽上）失意空悲头角[1]，伤心更陷罗罥[2]。异志十分难屈伏，悍气千寻[3]怎蔽遮？权时宁耐些。

腹垂过膝力千钧，足智多谋胆绝伦。谁道孽龙甘蠖屈[4]，翻江搅海便惊人。自家安禄山，营州柳城人也。俺母亲阿史德，求子轧荦山中，归家生俺，因名禄山。那时光满帐房，鸟兽尽都鸣窜。后随母改嫁安延偃，遂冒姓安氏。在节度使张守珪帐下投军。他道我生有异相，养为义子。授我讨击使之职，去征讨奚契丹。一时恃勇轻进，杀得大败逃回。幸得张节度宽恩不杀，解京请旨。昨日到京，吉凶未保。且喜有个结义兄弟，唤作张千，原是杨丞相府中干办。昨已买嘱解官，暂时松放。寻他通个关节，把礼物收去了。着我今日到彼候复，不免前去走遭。（行介）唉，俺安禄山，也是个好汉，难道便这般结果了么？想起来好恨也！

---

[1] 头角：喻才华。
[2] 罗罥：罗网。
[3] 千寻：七尺或八尺为一寻，千寻形容极高。
[4] 蠖屈：指屈曲不得志。蠖，虫名，行动时一屈一伸。

【正宫过曲】【锦缠道】莽龙蛇，本待将河翻海决，反做了失水瓮中鳖，恨樊笼霎时困了豪杰。早知道失军机要遭斧钺，倒不如丧沙场免受缧绁，蓦地里脚双跌。全凭仗金投暮夜[1]，把一身离阱穴。算有意天生吾也，不争[2]待半路枉摧折。

来此已是相府门首，且待张兄弟出来。（丑扮张千上）君王舅子三公位，宰相家人七品官。（见介）安大哥来了。丞相爷已将礼物全收，着你进府相见。（净揖介）多谢兄弟周旋。（丑）丞相爷尚未出堂，且到班房少待。全凭内阁调元手，（净）救取边关失利人。（同下）

【仙吕引子】【鹊桥仙】（副净扮杨国忠引祗从上）荣夸帝里，恩连戚畹[3]，兄妹都承天眷。中书独坐揽朝权，看炙手威风赫煊。

国政归吾掌握中，三台八座极尊崇。退朝日晏归私第，无数官僚拜下风。下官杨国忠，乃西宫贵妃之兄也。官居右相，秩晋司空[4]。分日月之光华，掌风雷之号令。（冷笑介）穷奢极欲，无非行乐及时；纳贿招权，真个回天有力。左

---

[1] 金投暮夜：据《后汉书·杨震传》，昌邑令王密夜持十斤金赠东莱太守杨震，谓夜深人静无人知晓。杨震说："天知，神知，我知，子知，何谓无知！"不受其金。这里指安禄山通过张千私下里向杨国忠行贿。

[2] 不争：不曾，不至于。

[3] 戚畹：外戚所居处。

[4] 司空：官名。唐代司空是荣誉职位。

右回避。(从应下)(副净)适才张千禀说,有个边将安禄山,为因临阵失机,解京正法。特献礼物到府,要求免死发落。我想胜败乃兵家常事,临阵偶然失利,情有可原。(笑介)就将他免死,也是为朝廷爱惜人才。已曾分付令他进见,再作道理。(丑暗上,见介)张千禀事:安禄山在外伺候。(副净)着他进来。(丑)领钧旨。(虚下[1],引净青衣、小帽上,丑)这里来。(净膝行进见介)犯弁[2]安禄山,叩见丞相爷。(副净)起来。(净)犯弁是应死囚徒,理当跪禀。(副净)你的来意,张千已讲过了。且把犯罪情由,细说一番。(净)丞相爷听禀:犯弁遵奉军令,去征讨奚契丹呵,(副净)起来讲。(净起介)

【仙吕过曲】【解三酲】恃勇锐冲锋出战,指征途所向无前。不提防番兵夜来围合转,临白刃剩空拳[3]。(副净)后来怎生得脱?(净)那时犯弁杀条血路,奔出重围。单枪匹马身幸免,只指望鉴录微功折罪愆。谁想今日呵,当刑宪!(叩首介)望高抬贵手,曲赐矜怜。

【前腔】[换头](副净起介)论失律丧师[4]关巨典,我虽总朝纲敢擅专?况刑书已定难更变,恐无力可回天。(净跪哭介)丞相爷若肯救援,犯弁就得生了。(副净笑介)便道我言从计

---

[1] 虚下:戏曲术语,指作出下场的动作却并不下场。

[2] 弁:军队中的小头目,此为安禄山带自贱意味的自称。

[3] 拳:弩弓。

[4] 失律丧师:据《资治通鉴》卷二一四:"(张)九龄固争曰:禄山失律丧师,于法不可不诛。"

听微有权，这就里机关不易言。（净叩头介）全仗丞相爷做主！
（副净）也罢。待我明日进朝，相机而行便了。乘其便，便好
开罗撒网，保汝生全。

　　（净叩头介）蒙丞相爷大恩，容犯弁犬马图报。就此告辞。
（副净）张千引他出去。（丑应，同净出介）眼望捷旌旗，耳听好消
息。（同下）（副净想介）我想安禄山乃边方末弁，从未著有劳绩。
今日犯了死罪，我若特地救他，必动圣上之疑。（笑介）哦，
有了。前日张节度疏[1]内，曾说他通晓六番言语，精熟诸般
武艺，可当边将之任。我就授意兵部，以此为辞，奏请圣上，
召他御前试验。于中乘机取旨，却不是好。

　　专权意气本豪雄，卢照邻
　　万态千端一瞬中。吴融
　　多积黄金买刑戮，李咸用
　　不妨私荐也成公。杜荀鹤

---

[1] 张节度疏：指节度使张守珪的奏章。

第四出　春睡

【越调引子】【祝英台近】(旦引老旦扮永新、贴旦扮念奴上) 梦回初,春透了,人倦懒梳裹。欲傍妆台,羞被粉脂涴[1]。(老旦、贴旦) 趁他迟日房栊,好风帘幕,且消受薰香闲坐。

永新、念奴叩头。(旦) 起来。【海棠春】流莺窗外啼声巧,睡未足,把人惊觉。(老) 翠被晓寒轻,(贴) 宝篆[2]沉烟袅。(旦) 宿酲[3]未醒宫娥报,(老、贴) 道别院笙歌会早。(旦) 试问海棠花,(合) 昨夜开多少?(旦) 奴家杨氏,弘农人也。父亲元琰,官为蜀中司户。早失怙恃,养在叔父之家。生有玉环,在于左臂,上隐"太真"二字。因名玉环,小字太真。性格温柔,姿容艳丽。漫揩罗袂,泪滴红冰;薄试霞绡,汗流香玉。荷蒙圣眷,拔自宫嫔。位列贵妃,礼同皇后。有兄国忠,拜为右相,三姊尽封夫人,一门荣宠极矣。昨宵侍寝西宫,(低介) 未免云娇雨怯。今日晌午时分,才得起来。(老、贴) 镜奁齐备,请娘娘理妆。(旦行介) 绮疏[4]晓日

---

[1] 涴:玷污,污染。
[2] 篆:缕缕烟雾升腾空中像个"篆"字。
[3] 宿酲:宿醉。
[4] 绮疏:镂花的窗户。

珠帘映，红粉春妆宝镜催。

【越调过曲】【祝英台】（坐对镜介）把鬓轻撩，鬟细整，临镜眼频睃^[1]。（老）请娘娘贴上这花钿。（旦）贴了翠钿，（贴）再点上这胭脂。（旦）注了红脂，（老）请娘娘画眉。（旦画眉介）着意再描双蛾。（旦立起介）延俄^[2]，慢支持杨柳腰身。（贴）呀，娘娘花儿也忘戴了。（代旦插花介）好添上樱桃花朵。（老、贴作看旦介）看了这粉容嫩，只怕风儿弹破。（老、贴）请娘娘更衣。（与旦更衣介）

【前腔】[换头]飘堕，麝兰香，金绣影，更了杏衫罗。（旦步介）（老、贴看介）你看小颤步摇，轻荡湘裙，（旦兜鞋介）低蹴半弯凌波^[3]，停妥。（旦顾影介）（老、贴）袅临风百种娇娆，（旦回身临镜介）（老、贴）还对镜千般婀娜。（旦作倦态，欠伸介）（老、贴扶介）娘娘，怎恹恹，何妨重就衾窝。

（旦）也罢，身子困倦，且自略睡片时。永新、念奴，与我放下帐儿。正是无端春色薰人困，才起梳头又欲眠。（睡介）（老、贴放帐介）（老）万岁爷此时不进宫来，敢是到梅娘娘那边去么？（贴）姐姐，你还不知道，梅娘娘已迁置上阳楼东了！（老）哦，有这等事！（贴）永新姐姐，这几日万岁爷专爱杨娘娘，不时来往西宫，连内侍也不教随驾了。我与你须要小心伺候。

---

[1] 睃：斜着眼睛看。

[2] 延俄：一会儿。

[3] 半弯凌波：形容走路姿态好像仙女洛神在水波上行走。曹植《洛神赋》："凌波微步，罗袜生尘。"

（生行上）

【前腔】[换头] 欣可，后宫新得娇娃，一日几摩挲！（生作进，老、贴见介）万岁爷驾到。娘娘刚才睡哩。（生）不要惊他。（作揭帐介）试把绡帐慢开，龙脑[1]微闻，一片美人香和。瞧科，爱他红玉一团，压着鸳衾侧卧。（老、贴背介）这温存，怎不占了风流高座！

【前腔】[换头]（旦作惊醒，低介）谁个？蓦然揭起鸳帏，星眼倦还揉。（作坐起，摩眼、撩鬓介）（生）早则浅淡粉容，消褪唇朱，掠削[2]鬓儿欹媠[3]。（老、贴作扶旦起，旦作开眼复闭，立起又坐倒介）（生）怜他，侍儿扶起腰肢，娇怯怯难存难坐。（老、贴扶旦坐介）（生扶住介）恁朦腾，且索消详停和[4]。

（旦）万岁！（生）春昼晴和，正好及时游赏，为何当午睡眠？（旦低介）夜来承宠，雨露恩浓，不觉花枝力弱。强起梳头，却又朦胧睡去。因此失迎圣驾。（生笑介）这等说，倒是寡人唐突了。（旦娇羞不语介）（生）妃子，看你神思困倦，且同到前殿去，消遣片时。（旦）领旨。（生、旦同行，老、贴随行介）（生）落日留王母，（旦）微风倚少儿。（老、贴合）宫中行乐秘，少有外人知。（生、旦转坐介）（丑上）昼漏稀闻高阁报，天颜有喜近臣知。启万岁爷：国舅杨丞相，遵旨试验安禄山，在

---

[1] 龙脑：香料冰片。

[2] 掠削：梳理。

[3] 欹媠：歪斜。

[4] 消详停和：消停，休息。

宫门外回奏。（生）宣奏来。（丑宣介）杨丞相有宣。（副净上）天下表章经院过，宫中笑语隔墙闻。（拜见介）臣杨国忠见驾。愿吾皇万岁，娘娘千岁！（丑）平身。（副）臣启陛下：蒙委试验安禄山，果系人才壮健，弓马熟娴，特此复旨。（生）朕昨见张守珪奏称：禄山通晓六番言语，精熟诸般武艺，可当边将之任。今失机当斩，是以委卿验之。既然所奏不诬，卿可传旨禄山，赦其前罪。明日早朝引见，授职在京，以观后效。（副）领旨。（下）（丑）启万岁爷：沉香亭牡丹盛开，请万岁爷同娘娘赏玩。（生）今日对妃子，赏名花。高力士，可宣翰林李白，到沉香亭上，立草新词供奉。（丑）领旨。（下）（生）妃子，和你赏花去来。

倚槛繁花带露开，罗虬

（旦）相将游戏绕池台。孟浩然

（生）新歌一曲令人艳，万楚

（合）只待相如奉诏来。李商隐

第五出　禊游[1]

【双调引子】【贺圣朝】(丑上)崇班内殿称尊，天颜亲奉朝昏。金貂玉带蟒袍新，出入荷殊恩。

咱家高力士是也，官拜骠骑将军。职掌六宫之中，权压百僚之上。迎机导窾[2]，摸揣圣情；曲意小心，荷承天宠。今乃三月三日，万岁爷与贵妃娘娘游幸曲江，命咱召杨丞相并秦、韩、虢三国夫人，一同随驾。不免前去传旨与他。传声报戚里，今日幸长杨[3]。(下)

【前腔】(净冠带[4]，引从上)一从请托权门，天家雨露重新。累臣今喜作亲臣，壮怀会当伸。

俺安禄山，自蒙圣恩复官之后，十分宠眷。所喜俺生的一个大肚皮，直垂过膝。一日圣上见了，笑问此中何有？俺就对说，惟有一片赤心。天颜大喜，自此愈加亲信，许俺不日封王。岂不是非常之遇！左右，回避。(从应下)(净)

---

[1] 禊游：古代上巳节风俗，官吏和百姓上巳节到水边消灾祈福，后演化为水边游玩。

[2] 导窾：指看人眼色、见机行事。

[3] 长杨：秦时旧宫，此借指皇帝巡幸地，也有宠幸杨氏之意。

[4] 冠带：传统戏曲中的官服。

今乃三月三日，皇上与贵妃游幸曲江，三国夫人随驾。倾城士女，无不往观。俺不免换了便服，单骑前往，游玩一番。（作更衣、上马行介）出得门来，你看香尘满路，车马如云，好不热闹也。正是当路游丝萦醉客，隔花啼鸟唤行人。（下）

（副净、外扮王孙，末扮公子；各丽服，同行上）（合）

【仙吕入双调】【夜行船序】春色撩人，爱花风如扇，柳烟成阵。行过处，辨不出紫陌红尘。（见介）请了。（副净、外）今日修禊之辰，我每[1]同往曲江游玩。（末、小生）便是，那边簇拥着一队车儿，敢是三国夫人来了。我每快些前去。（行介）纷纭，绣幕雕轩，珠绕翠围，争妍夺俊。氤氲，兰麝逐风来，衣䌽佩光遥认。（同下）

（老旦绣衣扮韩国，贴白衣扮虢国，杂绯衣扮秦国，引院子、梅香[2]各乘车行上）（合）

【前腔】[换头]安顿，罗绮如云，斗妖娆，各逞黛蛾蝉鬓。蒙天宠，特敕共探江春。（老旦）奴家韩国夫人，（贴）奴家虢国夫人，（杂）奴家秦国夫人，（合）奉旨召游曲江。院子把车儿趱行前去。（院）晓得。（行介）（合）朱轮，碾破芳堤，遗珥坠簪，落花相衬。荣分，戚里从宸[3]游，几队宫妆前进。（同下）

【黑蟆序】[换头]（净策马上，目视三国下介）妙啊，回瞬，绝代丰神，猛令咱一见，半晌销魂。恨车中马上，杳难亲近。

---

[1] 我每：我们。

[2] 梅香：奴婢的通称。

[3] 宸：皇帝居所，借指皇帝。

俺安禄山，前往曲江，恰好遇着三国夫人，一个个天姿国色。唉，唐天子，唐天子！你有了一位贵妃，又添上这几个阿姨，好不风流也！评论，群花归一人，方知天子尊。且赶上前去，饱看一回。望前尘，馋眼迷奚，不免挥策频频。

（作鞭马前奔，杂扮从人上，拦介）咄，丞相爷在此，什么人这等乱撞！（副净骑马上）为何喧嚷？（净、副净作打照面，净回马急下）（从）小的方才见一人，骑马乱撞过来，向前拦阻。（副净笑介）那去的是安禄山。怎么见了下官，就疾忙躲避了。（作沉吟介）三位夫人的车儿在那里？（从）就在前面。（副净）呀，安禄山那厮怎敢这般无礼！

【前腔】[换头]堪恨，藐视皇亲，傍香车行处，无礼厮混。陡冲冲怒起，心下难忍。叫左右，紧紧跟随着车儿行走，把闲人打开。（众应行介）（副净）忙奔，把金鞭辟路尘，将雕鞍逐画轮。（合）语行人，慎莫来前，怕惹丞相生嗔。（同下）

【锦衣香】（净扮村妇，丑扮丑女，老旦扮卖花娘子，小生扮舍人，行上）（合）妆扮新，添淹润[1]；身段村[2]，乔丰韵[3]。更堪怜芳草沾裙，野花堆鬓。（见介）（净）列位都是去游曲江的么？（众）正是。今日皇帝、娘娘，都在那里，我每同去看一看。（丑）听得皇帝把娘娘爱的似宝贝一般，不知比奴家容貌如何？

---

[1] 淹润：脂粉。

[2] 村：土气。

[3] 乔丰韵：怪模样。

（老旦笑介）（小生作看丑介）（丑）你怎么只管看我？（小生）我看大姐的脸上，倒有几件宝贝。（净）什么宝贝？（小生）你看眼嵌猫睛石，额雕玛瑙纹，蜜蜡装牙齿，珊瑚镶嘴唇。（净笑介）（丑将扇打小生介）小油嘴，偏你没有宝贝。（小生）你说来。（丑）你后庭像银矿，掘过几多人！（净笑介）休得取笑。闻得三国夫人的车儿过去，一路上有东西遗下，我每赶上寻看。（丑）如此快走。（行介）（丑作娇态与小生诨介）（合）和风徐起荡晴云，钿车一过，草木皆春。（小生）且在这草里寻一寻，可有什么？（老旦）我先去了。向朱门绣阁，卖花声叫的殷勤。（叫卖花下）（众作寻、各拾介）（丑问净介）你拾的什么？（净）是一枝簪子。（丑看介）是金的，上面一粒绯红的宝石。好造化！（净问丑介）你呢？（丑）一只凤鞋套儿。（净）好好，你就穿了何如？（丑作伸脚比介）啐，一个脚指头也着不下。鞋尖上这粒真珠，摘下来罢。（作摘珠、丢鞋介）（小生）待我袖了去。（丑）你倒会作揽收拾！你拾的东西，也拿出来瞧瞧。（小生）一幅鲛绡帕儿，裹着个金盒子。（净接作开看介）咦，黑黑的黄黄的薄片儿，闻着又有些香，莫不是耍药么？（小生笑介）是香茶。（丑）待我尝一尝。（净争吃，各吐介）呸，稀苦的，吃他怎么！（小生作收介）罢了，大家再往前去。（行介）（合）蜂蝶闲相趁，柳迎花引，望龙楼倒写[1]，曲江将近。

　　（小生、净先下，丑吊场[2]，叫介）你们等我一等。阿呀，尿急了，

---

[1] 龙楼倒写：龙楼倒映水中。龙楼，本指太子宅的宫门，此处借指宫殿。
[2] 吊场：戏中其他角色先下场，只留下一人独唱下场诗（或打诨），称吊场。

且在这里打个沙窝儿去。（下）（老旦、贴、杂引院子、梅香行上）

【浆水令】扑衣香花香乱熏，杂莺声笑声细闻。看杨花雪落覆白蘋，双双青鸟，衔堕红巾。春光好，过二分[1]，迟迟丽日催车进。（院）禀夫人，到曲江了。（老旦）丞相爷在那里？（院）万岁爷在望春宫，丞相爷先到那边去了。（老旦、杂、贴作下车介）你看果然好风景也！环曲岸，环曲岸，红酣绿匀。临曲水，临曲水，柳细蒲新。

（丑引小内侍控马上）敕传玉勒桃花马，骑坐金泥蛱蝶裙。（见介）皇上口敕：韩、秦二国夫人，赐宴别殿。虢国夫人，即令乘马入宫，陪杨娘娘饮宴。（老旦、杂、贴跪介）万岁！（起介）（丑向贴介）就请夫人上马。（贴）

【尾声】内家官，催何紧。姐姐妹妹，偏背[2]了春风独近。（老旦、杂）不枉你淡扫蛾眉朝至尊。

（贴乘马，丑引下）（杂）你看裴家姐姐，竟自扬鞭去了。（老旦）且自由他。（梅香）请夫人别殿里上宴。

红桃碧柳禊堂春，沈佺期

（老旦）一种佳游事也均。张谔

（杂）愿奉圣情欢不极，武平一

（合）向风偏笑艳阳人。杜牧

---

[1] 过二分：过了三分之二。

[2] 偏背：意即独享宠爱。

第六出　傍讶

【中吕过曲】【缕缕金】（丑上）欢游罢，驾归来。西宫因个甚，恼君怀？敢为春筵畔，风流尴尬。怎一场乐事陡成乖[1]？教人好疑怪，教人好疑怪。

前日万岁爷同杨娘娘游幸曲江，欢天喜地。不想昨日娘娘忽然先自回宫，万岁爷今日才回，圣情十分不悦。未知何故？远远望见永新姐来了，咱试问他。（老旦上）

【前腔】宫帏事，费安排。云翻和雨覆，蓦地闹阳台[2]。（丑见介）永新姐，来得恰好。我问你，万岁爷为何不到杨娘娘宫中去？（老）唉，公公，你还不知么！两下参商后，装幺作态[3]。（丑）为着甚来？（老）只为并头莲傍有一枝开。（丑）是那一枝呢？（老笑介）公公，你聪明人自参解，聪明人自参解。

（丑笑介）咱那里得知！永新姐，你可说与我听。（老）若说此事，原是我娘娘自己惹下的。（丑）为何？（老）只为娘娘

---

[1] 陡成乖：突然反转。乖，相反。

[2] 云翻和雨覆，蓦地闹阳台：宋玉《高唐赋》：“旦为行云，暮为行雨；朝朝暮暮，阳台之下。”此处引用意近“翻手为云覆手为雨”，形容两人突然翻脸闹别扭。

[3] 两下参商后，装幺作态：两人闹别扭，装腔作势。

把那虢国夫人呵,

【剔银灯】常则向君前喝采,妆梳淡天然无赛。那日在望春宫,教万岁召他侍宴。三杯之后,便暗中筑座连环寨,哄结上同心罗带。(丑拍手笑介)阿呀,咱也疑心有此。却为何烦恼哩?(老)后来娘娘恐怕夺了恩宠,因此上嫌猜。恩情顿乖,热打对鸳鸯散开。

(丑)原来虢国夫人,在望春宫有了言语,才回去的。(老)便是。那虢国夫人去时,我娘娘不曾留得。万岁爷好生不快,今日竟不进西宫去了。娘娘在那里只是哭哩。(丑)咱想杨娘娘呵,

【前腔】娇痴性天生忒利害。前时逼得个梅娘娘,直迁置楼东无奈。如今这虢国夫人,是自家的妹子,须知道连枝同气情非外,怎这点儿也难分爱。(老)这且休提。只是往常,万岁爷与娘娘行坐不离,如今两下不相见,怎生是好?(丑)吾侪,如何布摆,且和你从旁看来。

(内)有旨宣高公公。(丑)来了。

狎宴临春日正迟, 韩偓

(老旦)宠深还恐宠先衰。 罗虬

(丑)外头笑语中猜忌, 陆龟蒙

(老旦)若问傍人那得知! 崔颢

第七出　幸恩

【商调引子】【绕池游】(贴上) 瑶池陪从，何意承新宠！怪青鸾把人和哄。寻思万种，这其间无端噈动[1]，奈谣诼蛾眉未容[2]。

玉燕轻盈弄雪辉，杏梁偷宿影双依。赵家姊妹多相妒，莫向昭阳殿里飞。奴家杨氏，幼适裴门。琴断朱弦[3]，不幸文君早寡[4]；香含青琐，肯容韩掾轻偷[5]？以妹玉环之宠，叨膺虢国之封。虽居富贵，不爱铅华。敢夸绝世佳人，自许朝天素面。不想前日驾幸曲江，敕陪游赏。诸姊妹俱赐宴于外，独召奴家，到望春宫侍宴。遂蒙天眷，勉尔承恩。圣意虽浓，人言可畏。昨日要奴同进大内，再四辞归。仔细想来，好侥幸人也。

【商调过曲】【字字锦】恩从天上浓，缘向生前种。金

---

[1] 噈动：动情。

[2] 奈谣诼蛾眉未容：意指造谣者让我感到无法容身。典出自屈原《离骚》："众女嫉余之蛾眉兮，谣诼谓余以善淫。"蛾眉，虢国夫人自称。

[3] 琴断朱弦：喻配偶已逝。

[4] 文君早寡：嫁司马相如前，卓文君曾为寡妇。这里虢国夫人说自己寡居。

[5] 香含青琐，肯容韩掾轻偷：此处用韩寿偷香典故（《晋书·贾充传》所附《贾谧传》），说明自己洁身自好。青琐，指闺房。

笼花下开,巧赚娟娟凤[1]。烛花红,只见弄盏传杯。传杯处,蓦自里话儿唧哝。匆匆,不容宛转,把人央入帐中。思量帐中,帐中欢如梦。绸缪处两心同。绸缪处两心暗同。奈朝来背地,有人在那里,人在那里,妆模作样,言言语语,讥讥讽讽。咱这里羞羞涩涩,惊惊恐恐,直恁被他抟弄。

【不是路】(末扮院子、副净扮梅香暗上)(老旦引外扮院子,丑扮梅香上)吹透春风,戚畹花开别样秾。前日裴家妹子独承恩幸。我约柳家妹子,同去打觑一番。不料他气的病了,因此独自前去。(外)禀夫人,到虢府了。(老旦)通报去。(外报介)(末传介)韩国夫人到。(贴)道有请。(副净请介)(外、末暗下)(贴出,迎老旦进介)(贴)姐姐请。(副净、丑诨下)(老旦)妹妹喜也。(贴)有何喜来?(老旦)邀殊宠,一枝已傍日边红。(贴作羞介)姐姐,说那里话!我进离宫,也不过杯酒相陪奉,湛露君恩内外同。(老旦笑介)虽则一般赐宴,外边怎及里边。休调哄,九重春色偏知重,有谁能共?(贴)有何难共?

(老旦)我且问你,看见玉环妹妹,在宫光景如何?

【满园春】(贴)春江上景融融。催侍宴望春宫。那玉环妹妹呵,新来倚贵添尊重。(老旦)不知皇上与他怎生恩爱?(贴)春宵里,春宵里,比目儿和同。谁知得雨云踪?(老旦)难道一些不觉?(贴)只见玉环妹妹的性儿,越发骄纵了些。细窥他

---

[1] 金笼花下开,巧赚娟娟凤:花下张开金笼,哄骗凤凰进去。指被唐明皇引诱。

个中，漫参他意中，使惯娇憨。惯使娇憨，寻瘢索绽^[1]，一谜儿^[2]自逞心胸。

（老旦）他自小性儿是这般的，妹妹，你还该劝他才是。（贴）那个耐烦劝他？

【前腔】[换头]（老旦）他情性多骄纵，恃天生百样玲珑，姊妹行且休傍作诵^[3]。况他近日呵，昭阳内，昭阳内，一人独占三千宠，问阿谁能与竞雌雄？（贴）谁与他争！只是他如此性儿，恐怕君心不测！（老旦起，背介）细听裴家妹子之言，必有缘故。细窥他个中，漫参他意中，使恁骄嗔。恁使骄嗔，藏头露尾，敢别有一段心胸！

（末上）意外闻严旨，堂前报贵人。（见介）禀夫人，不好了。贵妃娘娘忤旨，圣上大怒，命高公公送归丞相府中了。（老旦惊介）有这等事！（贴）我说这般心性，定然惹下事来。（老旦）虽然如此，我与你姊妹之情，且是关系大家荣辱，须索前去看他才是！（贴）正是，就请同行。（老旦）

【尾声】忽闻严谴心惊恐，（贴）整香车同探吉凶。姊姊，那玉环妹妹，可不被梅妃笑杀也！（合）倒不如冷淡梅花仍开紫禁中！

（贴）传闻阙下降丝纶，　刘长卿

---

[1] 寻瘢索绽：寻找别人的缺点。

[2] 一谜儿：一味地。

[3] 作诵：说人坏话。

（老旦）出得朱门入戟门。贾岛

（贴）何必君恩能独久，乔知之

（老旦）可怜荣落在朝昏。李商隐

第八出　献发

（副净急上）天有不测风云，人有旦夕祸福。下官杨国忠，自从妹子册立贵妃，权势日盛。不想今早，忽传贵妃忤旨，被谪出宫，命高内监单车送到门来。未知何故，好生惊骇！且到门前迎接去。（暂下）

【仙吕过曲】【望吾乡】（丑引旦乘车上）无定君心，恩光那处寻？蛾眉忽地遭撅窨[1]，思量就里知他怎？弃掷何偏甚！长门[2]隔，永巷深[3]。回首处愁难禁。

（副净上，跪接介）臣杨国忠迎接娘娘。（丑）丞相，快请娘娘进府，咱家还有话说。（副）院子，分付丫鬟每，迎接娘娘到后堂去。（丫鬟上，扶旦下车，拥下）（副净揖丑介）老公公请坐，不知此事因何而起？（丑）娘娘呵，

【一封书】君王宠最深，冠椒房专侍寝。昨日呵，无端忤圣心，骤然间商与参。丞相不要怪咱家多口，娘娘呵，生性娇痴多习惯，未免嫌疑生抱衾[4]。（副净）如今谪遣出来，

---

[1] 撅窨：挫折，此指被谴。
[2] 长门：相当于"冷宫"。
[3] 永巷：禁闭有罪宫女之地。
[4] 抱衾：《诗经·召南·小星》："肃肃宵征，抱衾与裯。"这里指虢国夫人与唐明皇偷欢。

怎生是好？（丑）丞相且到朝门谢罪，相机而行。（副净）老公公，全仗你进规箴，悟当今。（丑）这个自然。（合）管重取宫花入上林[1]。

（丑）就此告别。（副净）下官同行。（向内介）分付丫鬟，好生伺候娘娘。（内应介）（副净）乌鸦与喜鹊同行，吉凶事全然未保。（同丑下）

【中吕引子】【行香子】（旦引梅香上）乍出宫门，未定惊魂，渍愁妆满面啼痕。其间心事，多少难论。但惜芳容，怜薄命，忆深恩。

君恩如水付东流，得宠忧移失宠愁。莫向樽前奏《花落》，凉风只在殿西头。我杨玉环，自入宫闱，过蒙宠眷。只道君心可托，百岁为欢。谁想妾命不犹[2]，一朝逢怒。遂致促驾宫车，放归私第。金门一出，如隔九天。（泪介）天那，禁中明月，永无照影之期；苑外飞花，已绝上枝之望。抚躬自悼，掩袂徒嗟。好生伤感人也！

【中吕过曲】【榴花泣】［石榴花］罗衣拂拭犹是御香熏。向何处谢前恩？想春游春从晓和昏，［泣颜回］岂知有断雨残云。我含娇带嗔，往常间他百样相依顺，不提防为着横枝[3]，陡然把连理轻分。

---

[1] 上林：上林苑，皇家园林。
[2] 不犹：比平常坏。《诗经·召南·小星》："寔命不犹。"
[3] 横枝：指虢国夫人。

丫鬟，此间可有那里望见宫中？（梅）前面御书楼上，西北望去，便是宫墙了。（旦）你随我楼上去来。（梅）晓得。（旦登楼介）西宫渺不见，肠断一登楼。（梅指介）娘娘，这一带黄设设的琉璃瓦，不是九重宫殿么？（旦作泪介）

【前腔】凭高洒泪遥望九重阊，咫尺里隔红云[1]。叹昨宵还是凤帏人，冀回心重与温存。天乎太忍，未白头先使君恩尽。（梅指介）呀，远远望见一个公公，骑马而来，敢是召娘娘哩！（旦叹介）料非他丹凤衔书，多又恐乌鸦传信。

（旦下楼介）（丑上）暗将怀旧意，报与失欢人。（见介）高力士叩见娘娘。（旦）高力士，你来怎么？（丑）奴婢恰才复旨，万岁爷细问娘娘回府光景，似有悔心。现今独坐宫中，长吁短叹。一定是思想娘娘，因此特来报知。（旦）唉，那里还想着我！（丑）奴婢愚不谏贤，娘娘未可太执意了。倘有甚么东西，付与奴婢，乘间进上，或者感动圣心，也未可知。（旦）高力士，你教我进什么东西去好？（想介）

【喜渔灯犯】[喜渔灯]思将何物传情悃[2]，可感动君？我想一身之外，皆君所赐，算只有愁泪千行，作珍珠乱滚；又难穿成金缕，把雕盘进。哦，有了，[剔银灯]这一缕青丝香润，曾共君枕上并头相偎衬，曾对君镜里撩云。丫鬟，取镜台金剪过来。（梅应，取上介）（旦解发介）哎，头发，头发！

---

[1] 红云：神仙居处，此喻皇帝所在。
[2] 悃：真诚。

［渔家傲］可惜你伴我芳年，剪去心儿未忍。只为欲表我衷肠，（作剪发介）剪去心儿自悯。（作执发起，哭介）头发，头发！［喜渔灯］全仗你寄我殷勤。（拜介）我那圣上呵，奴身，止鬖鬖[1]发数根，这便是我的残丝断魂。

（起介）高力士，你将去与我转奏圣上。（哭介）说妾罪该万死，此生此世，不能再睹天颜！谨献此发，以表依恋。（丑跪接发搭肩上介）娘娘请免愁烦，奴婢就此去了。好凭缕缕青丝发，重结双双白首缘。（下）（旦坐哭介）（老旦、贴上）

【榴花灯犯】［剔银灯］听说是贵妃忤君，［石榴花］听说是返家门，［普天乐］听说是失势兄忧悯，听说是中官[2]至，未审何云？（进介）贵妃娘娘那里？（梅）韩、虢二国夫人到了。（旦作哭不语介）（老旦、贴见介）（老旦）贵妃请免愁烦。（同哭介）（贴）前日在望春宫，皇上十分欢喜，为何忽有此变？［渔家傲］我只道万岁千秋欢无尽，［尾犯序］我只道任伊行[3]笑鬶，［石榴花］我只道纵差池，谁和你评论！（老旦）裴家妹子，［锦缠道］休只管闲言絮陈。贵妃，你逢薄怒其中有甚根因？（旦作不理介）（贴）贵妃，你莫怪我说，［剔银灯］自来宠多生嫌衅，可知道秋叶君恩？恁为人，怎趋承至尊？（老旦合）［雁过声］姊妹每情切来相问，为甚么耳畔哝哝总似不闻！（旦）

---

[1] 鬖鬖：下垂样。

[2] 中官：太监。

[3] 伊行：她那里。

【尾声】秋风团扇[1]原吾分，多谢连枝特过存[2]。总有万语千言只在心上忖。

（竟下）（贴）姊姊，你看这个样子，如何使得？（老旦）正是，我每特来看他，他心上有事，竟自进房去了。妹子，你再到望春宫时，休要学他。（贴羞介）啐！

今朝忽见下天门，张籍

（老旦）相对那能不怆神。廖匡图

（贴）冷眼静看真好笑，徐夤

（老旦）中含芒刺欲伤人。陆龟蒙

---

[1] 秋风团扇：秋风起后团扇就被弃用，喻失宠。

[2] 连枝特过存：姊妹们专门来安慰。

第九出　复召

【南吕引子】【虞美人】（生上）无端惹起闲烦恼，有话将谁告？此情已自费支持，怪杀鹦哥不住向人提。

辇路生春草，上林花满枝。凭高何限意，无复侍臣知。寡人昨因杨妃娇妒，心中不忿，一时失计，将他遣出。谁想佳人难得，自他去后，触目总是生憎，对景无非惹恨。那杨国忠入朝谢罪，寡人也无颜见他。（叹介）咳，欲待召取回宫，却又难于出口，若是不召他来，教朕怎生消遣，好刮划[1]不下也！

【南吕过曲】【十样锦】[绣带儿]春风静宫帘半启，难消日影迟迟。听好鸟犹作欢声，睹新花似斗容辉。追悔，[宜春令]悔杀咱一划儿粗疏，不解他十分的娇殢[2]，枉负了怜香惜玉，那些情致。（副净扮内监上）脸下玉盘红缕细，酒开金瓮绿醅浓。（跪见介）请万岁爷上膳。（生不应介）（副净又请介）（生恼介）哎，谁着你请来！（副净）万岁爷自清晨不曾进膳，后宫传催排膳伺候。（生）哎，甚么后宫！叫内侍。（二内侍应上）（生）揣

---

[1] 刮划：摆划，此指决断。

[2] 殢：纠缠。

这厮去，打一百，发入净军所[1]去。（内侍）领旨。（同揾副净下）（生）哎，朕在此想念妃子，却被这厮来搅乱一番。好烦恼也！[降黄龙换头]思伊，纵有天上琼浆，海外珍馐，知他甚般滋味！除非可意，立向跟前，方慰调饥[2]。（净扮内监上）尊前绮席陈歌舞，花外红楼列管弦。（见跪介）请万岁爷沉香亭上饮宴，听赏梨园新乐。（生）哦，说甚沉香亭，好打！（净叩头介）非干奴婢之事，是太子诸王，说万岁爷心绪不快，特请消遣。（生）哦，我心绪有何不快！叫内侍。（内侍应上）（生）揾这厮去，打一百，发入惜薪司当火者去。（内侍）领旨。（同揾净下）（生）内侍过来。（内侍应上）（生）着你二人看守宫门，不许一人擅入，违者重打。（内侍）领旨。（作立前场介）（生）唉，朕此时有甚心情，还去听歌饮酒。[醉太平]想亭际，凭阑仍是玉阑干，问新妆有谁同倚？就有新声呵，知音人逝，他鹍弦[3]绝响，我玉笛羞吹。（丑肩搭发上）[浣溪纱]离别悲，相思意，两下里抹媚[4]谁知！我从旁参透个中机，要打合鸾凰在一处飞。（见内侍介）万岁爷在那里？（内侍）独自坐在宫中。（丑欲入，内侍拦介）（丑）你怎么拦阻咱家？（内侍）万岁爷十分着恼，把进膳的连打了两个，特着我每看守宫门，不许一人擅入。（丑）原来如此，咱家且候着。（生）朕委无聊赖，且到宫门外闲步片时。

---

[1] 净军所：监禁太监之所。

[2] 调饥：没吃早餐的饥饿状。

[3] 鹍弦：用鹍鸡筋做的琵琶弦。

[4] 抹媚：因相思而痴迷样。

（行介）看一带瑶阶依然芳草齐，不见蹴裙裾珠履追随。（丑望介）万岁爷出来了，咱且闪在门外，觑个机会。（虚下，即上，听介）（生）寡人在此思念妃子，不知妃子又怎生思念寡人哩！早间问高力士，他说妃子出去，泪眼不干，教朕寸心如割。这半日间，无从再知消息。高力士这厮，也竟不到朕跟前，好生可恶！（丑见介）奴婢在这里。（生）（作看丑介）（生）高力士，你肩上搭的甚么东西？（丑）是杨娘娘的头发。（生笑介）什么头发？（丑）娘娘说道：自恨愚昧，上忤圣心，罪应万死。今生今世，不能够再睹天颜，特剪下这头发，着奴婢献上万岁爷，以表依恋之意。（献发介）（生执发看，哭介）哎哟，我那妃子呵！

［啄木儿］记前宵枕边闻香气，到今朝剪却和愁寄。觑青丝肠断魂迷。想寡人与妃子，恩情中断，就似这头发也。一霎里落金刀长辞云鬓。（丑）万岁爷！［鲍老催］请休惨凄，奴婢想杨娘娘既蒙恩幸，万岁爷何惜宫中片席之地，乃使沦落外边！春风肯教天上回，名花便从苑外移。（生作想介）只是寡人已经放出，怎好召还？（丑）有罪放出，悔过召还，正是圣主如天之度。（生点头介）（丑）况今早单车送出，才是黎明，此时天色已暮，开了安庆坊，从太华宅而入，外人谁得知之。（叩头介）乞鉴原，赐迎归，无淹滞。稳情取一笑愁城自解围。（生）高力士，就着你迎取贵妃回宫便了。（丑）领旨。（下）（生）咳，妃子来时，教寡人怎生相见也！［下小楼］喜得玉人归矣，又愁他惯娇嗔，背面啼，那时将何言语饰前非！罢，罢，这原是寡人不是，拚把百般亲媚，酬他半日分离。（丑同内侍、

宫女纱灯引旦上)[双声子]香车曳，香车曳，穿过了宫槐翠。纱笼对，纱笼对，掩映着宫花丽。(内侍、宫女下)(丑进报介)杨娘娘到了。(生)快宣进来。(丑)领旨。杨娘娘有宣。(旦进见介)臣妾杨氏见驾。死罪，死罪！(俯伏介)(生)平身。(丑暗下)(旦跪泣介)臣妾无状，上干天谴。今得重睹圣颜，死亦瞑目。(生同泣介)妃子何出此言？(旦)[玉漏迟序]念臣妾如山罪累，荷皇恩如天容庇。今自艾，愿承鱼贯敢妒蛾眉[1]？

(生扶旦起介)寡人一时错见，从前的话，不必再提了。(旦泣起介)万岁！(生携旦手与旦拭泪介)

【尾声】从今识破愁滋味，这恩情更添十倍。妃子，我且把这一日相思诉与伊！

(宫娥上)西宫宴备，请万岁爷、娘娘上宴。

(生)陶出真情酒满尊，李中

(旦)此心从此更何言。罗隐

(生)别离不惯无穷忆，苏颋

(旦)重入椒房拭泪痕。柳公权

---

[1]愿承鱼贯敢妒蛾眉：愿意依次而进，不再敢妒嫉别的女人。

第十出　疑讖

（外扮郭子仪将巾、佩剑上）壮怀磊落有谁知，一剑防身且自随。整顿乾坤济时了，那回方表是男儿。自家姓郭名子仪，本贯华州郑县人氏。学成韬略，腹满经纶。要思量做一个顶天立地的男儿，干一桩定国安邦的事业。今以武举出身，到京谒选。正值杨国忠窃弄威权，安禄山滥膺[1]宠眷。把一个朝纲，看看弄得不成模样了。似俺郭子仪，未得一官半职，不知何时，才得替朝廷出力也呵！

【商调】【集贤宾】论男儿壮怀须自吐，肯空向杞天呼？笑他每似堂间处燕[2]，有谁曾屋上瞻乌[3]！不提防柙虎樊熊，任纵横社鼠城狐[4]。几回家听鸡鸣起身独夜舞。想古来多少乘除[5]，显得个勋名垂宇宙，不争便姓字老樵渔！

且到长安市上，买醉一回。（行科）

---

[1] 膺：受。

[2] 堂间处燕：比喻不知处境危险。典出自《孔丛子·论势》。

[3] 屋上瞻乌：典出自《诗经·小雅·正月》："瞻乌爰止，于谁之屋。"带灾兆的乌鸦会停谁家屋上？比喻担忧国家和百姓的安危。

[4] 不提防柙虎樊熊，任纵横社鼠城狐：柙虎、樊熊，指安禄山。社鼠、城狐，比喻杨国忠等奸臣。

[5] 乘除：兴衰成败。

【逍遥乐】向天街徐步，暂遣牢骚，聊宽逆旅。俺则见来往纷如，闹昏昏似醉汉难扶，那里有独醒行吟楚大夫！俺郭子仪呵，待觅个同心伴侣，怅钓鱼人去，射虎人遥，屠狗人无[1]。

（下）（丑扮酒保上）我家酒铺十分高，罚誓无赊挂酒标。只要有钱凭你饮，无钱滴水也难消。小子是这长安市上，新丰馆大酒楼，一个小二哥的便是。俺这酒楼，在东、西两市中间，往来十分热闹。凡是京城内外，王孙公子，官员市户，军民百姓，没一个不到俺楼上来吃三杯。也有吃赛酒的，吃案酒的，买酒去的，包酒来的，打发个不了。道犹未了，又一个吃酒的来也。（外行上）

【上京马】遥望见绿杨斜靠画楼隅，滴溜溜一片青帘风外舞，怎得个燕市酒人[2]来共沽！（唤科）酒家有么？（丑迎科）客官，请楼上坐。（外作上楼科）是好一座酒楼也。敞轩窗日朗风疏。见四周遭粉壁上都画着醉仙图。

（丑）客官自饮，还是待客？（外）独饮三杯，有好酒呵取来。（丑）有好酒。（取酒上科）酒在此。（内叫科）小二哥，这里来。（丑应忙下）（外饮酒科）

【梧叶儿】俺非是爱酒的闲陶令[3]，也不学使酒的莽灌

---

[1] "怅钓鱼人"三句：钓鱼人，指西周开国功臣吕尚。射虎人，指汉名将李广。屠狗人，指汉初功臣樊哙。

[2] 燕市酒人：指刺秦王的荆轲。

[3] 陶令：指陶渊明。

夫[1]，一谜价痛饮兴豪粗。撑着这醒眼儿谁瞅睬？问醉乡深可容得吾？听街市恁喧呼，偏冷落高阳酒徒[2]。

（作起看科）（老旦扮内监，副净、末、净扮官，各吉服，杂捧金币、牵羊担酒随行上，绕场下）（丑捧酒上）客官，热酒在此。（外）酒保，我问你咱，这楼前那些官员，是往何处去来？（丑）客官，你一面吃酒，我一面告诉你波。只为国舅杨丞相，并韩国、虢国、秦国三位夫人，万岁爷各赐造新第。在这宣阳里中，四家府门相连，俱照大内一般造法。这一家造来，要胜似那一家的；那一家造来，又要赛过这一家的。若见那家造得华丽，这家便拆毁了，重新再造。定要与那家一样，方才住手。一座厅堂，足费上千万贯钱钞。今日完工，因此合朝大小官员，都备了羊酒礼物，前往各家称贺，打从这里过去。（外惊科）哦，有这等事！（丑）待我再去看热酒来波。（下）（外叹科）呀，外戚宠盛，到这个地位，如何是了也！

【醋葫芦】怪私家恁僭窃[3]，竞豪奢夸土木。一班儿公卿甘作折腰趋，争向权门如市附[4]。再没有一个人呵，把舆情向九重分诉。可知他朱甍碧瓦总是血膏涂！

（起科）心中一时忿懑，不觉酒涌上来，且向四壁闲看一回。（作看科）这壁厢细字数行，有人题的诗句。我试觑波。

---

[1] 灌夫：西汉人，因酒后骂丞相田蚡而被杀。

[2] 高阳酒徒：指汉朝谋士郦食其。

[3] 僭窃：超越本分，进行非分享受。

[4] 市附：赶集。

（作看念科）"燕市人皆去，函关马不归。若逢山下鬼，环上系罗衣。"呀，这诗是好奇怪也！

【幺篇】我这里停睛一直看，从头儿逐句读。细端详诗意少祯符[1]。且看是什么人题的？（又看念科）李遐周题。（作想科）李遐周，这名字好生识熟！哦，是了，我闻得有个术士李遐周，能知过去未来，必定就是他了。多则是就里难言藏谶语，猜诗谜杜家何处？早难道醉来墙上信笔乱鸦涂！

（内作喧闹科）（外唤科）酒保那里？（丑上）客官，做甚么？（外）楼下为何又这般喧闹？（丑）客官，你靠着这窗儿，往下看去就是。（外看科）（净王服，骑马，头踏职事前导引上，绕场行下科）（外）那是何人？（丑笑指科）客官，你不见他那个大肚皮么？这人姓安名禄山。万岁爷十分宠爱他，把御座的金鸡步障，都赐与他坐过，今日又封他做东平郡王。方才谢恩出朝，赐归东华门外新第，打从这里经过。（外惊怒科）呀，这、这就是安禄山么？有何功劳，遽封王爵？唉，我看这厮面有反相，乱天下者，必此人也！

【金菊香】见了这野心杂种牧羊的奴，料蜂目豺声定是狡徒。怎把个野狼引来屋里居？怕不将题壁诗符？更和那私门贵戚一例逞妖狐。

（丑）客官，为甚事这般着恼来？（外）

---

[1] 少祯符：不吉利。

【柳叶儿】哎，不由人冷嗖嗖冲冠发竖，热烘烘气夯胸脯，咶嗓嗓把腰间宝剑频频觑。（丑）客官，请息怒，再与我消一壶波。（外）呀，便教俺倾千盏，饮尽了百壶，怎把这重沉沉一个愁担儿消除！

（作起身科）不吃酒了，收了这酒钱去者。（丑作收科）别人来三杯和万事，这客官一气惹千愁。（下）（外作下楼，转行科）我且回到寓中去波。

【浪来里】见着那一桩桩伤心的时事迍，凑着那一句句感时的诗谶伏，怕天心人意两难摸，好教俺费沉吟，趷踏地将眉对蹙。看满地斜阳欲暮，到萧条客馆兀自意踌蹰。

（作到寓进坐科）（副净扮家将上）（见科）禀爷，朝报到来。（外看科）"兵部一本：为除授官员事。奉圣旨，郭子仪授为天德军使。钦此。"原来旨意已下，索早收拾行李，即日上任去者。（副净应科）（外）俺郭子仪虽则官卑职小，便可从此报效朝廷也呵！

【高过随调煞】赤紧似尺水中展鬣鳞，枳棘中拂毛羽。且喜奋云霄有分上天衢，直待的把乾坤重整顿，将百千秋第一等勋业图。纵有妖氛孽蛊[1]，少不得肩担日月，手把大唐扶。

马蹄空踏几年尘，胡宿

---

[1] 孽蛊：祸害。

长是豪家据要津，_{司空图}

卑散自应霄汉隔，_{王建}

不知忧国是何人？_{吕温}

第十一出　闻乐

【南吕引子】【步蟾宫】(老旦扮嫦娥，引仙女上)清光独把良宵占，经万古纤尘不染。散瑶空风露洒银蟾[1]，一派仙音微飐。

药捣长生离劫尘，清妍面目本来真。云中细看天香落，仍倚苍苍桂一轮。吾乃嫦娥是也。本属太阴之主，浪传后羿之妻。七宝[2]团圞，周三万六千年内；一轮皎洁，满一千二百里中。玉兔、金蟾，产结长明至宝；白榆、丹桂，种成万古奇葩。向有《霓裳羽衣》仙乐一部，久秘月宫，未传人世。今下界唐天子，知音好乐。他妃子杨玉环，前身原是蓬莱玉妃，曾经到此。不免召他梦魂，重听此曲。使其醒来记忆，谱入管弦。竟将天上仙音，留作人间佳话。却不是好！寒簧[3]过来。(贴)有。(老旦)你可到唐宫之内，引杨玉环梦魂到此听曲。曲终之后，仍旧送回。(贴)领旨。(老旦)好凭一枕游仙梦，暗授千秋法曲音。(引丑下)(贴)奉着娘娘之命，不免出了月宫，到唐宫中走一遭也。(行介)

---

[1] 银蟾：月亮。神话中月宫有蟾蜍，故以蟾蜍喻月亮。

[2] 七宝：指月亮。

[3] 寒簧：仙女名。

【南吕过曲】【梁州序犯】[本调]明河斜映，繁星微闪，俯将尘世遥觇。只见空蒙香雾，早离却玉府清严。一任佩摇风影，衣动霞光，小步红云垫。待将天上乐授宫襜[1]，密召芳魂入彩蟾[2]。来此已是唐宫之内。[贺新郎]你看鱼钥[3]闭，龙帷掩，那杨妃呵，似海棠睡足增娇艳。[本序尾]轻唤起，拥冰簟[4]。

（唤介）杨娘娘起来。（旦扮梦中魂上）

【渔灯儿】恰才的追凉[5]后雨困云淹，畅好是酣眠处粉腻黄黏。（贴）娘娘有请。（旦）呀，深宫之内，檐下何人叫唤？悄没个宫娥报轻来画檐。（贴）娘娘快请。（旦作倦态欠身介）我娇怯怯朦胧身欠，慢腾腾待自起开帘。

（作出见贴介）呀，原来是一个宫人！（贴）

【前腔】俺不是隶长门帚奉曾嫌[6]，（旦）不是宫人，敢是别院的美人？（贴）俺不是列昭容[7]御座曾瞻。（旦）这等你是何人？（贴）儿家月中侍儿，名唤寒簧，则俺的名在瑶宫月

---

[1] 宫襜：即宫闱，此代指杨玉环。

[2] 彩蟾：指月宫。

[3] 鱼钥：鱼形锁。

[4] 冰簟：冰凉的竹席。

[5] 追凉：乘凉。

[6] 俺不是隶长门帚奉曾嫌：我不是失宠的宫女。长门宫，汉武帝陈皇后失宠时的居所。帚奉曾嫌，指汉成帝时班婕妤失宠，于长信宫侍奉太后。帚奉，洒扫之事。

[7] 昭容：女官名。

殿金。（旦惊介）原来是月中仙子，何因到此？（贴）恰才奉姮娥口敕亲传点，请娘娘到桂宫中花下消炎[1]。

（旦）哦，有这等事！（贴）娘娘不必迟疑。儿家引导，就请同行。（引旦行介）（合）

【锦渔灯】指碧落足下云生冉冉，步青霄听耳中风弄纤纤。乍凝眸星斗垂垂似可拈，早望见烂辉辉宫殿影在镜中潜。

（旦）呀，时当仲夏，为何这般寒冷？（贴）此即太阴月府，人间所传广寒宫者是也。就请进去。（旦喜介）想我浊质凡姿，今夕得到月府，好侥幸也。（作进看介）

【锦上花】清游胜满意忺。（想介）这些景物都似曾见过来！环玉砌绕碧檐，依稀风景漫猜嫌。那壁桂花开的恁早！（贴）此乃月中丹桂，四时常茂，花叶俱香。（旦看介）果然好花也。看不足喜更添。金英缀[2]翠叶兼。氤氲芳气透衣缣[3]，人在桂阴潜。

（内作乐介）（旦）你看一群仙女，素衣红裳，从桂树下奏乐而来，好不美听。（贴）此乃《霓裳羽衣》之曲也。（杂扮仙女四人、六人或八人，白衣、红裙、锦云肩、璎珞、飘带，各奏乐，唱，绕场行上介）（旦、贴旁立看介）（众）

---

[1] 消炎：消暑。

[2] 金英缀：金色花绽放。

[3] 衣缣：细绢做的衣服。

【锦中拍】携天乐花丛斗拈[1]，拂霓裳露沾。迥隔断红尘荏苒，直写出瑶台清艳。纵吹弹舌尖玉纤韵添，惊不醒人间梦魇，停不驻天宫漏签。一枕游仙曲终闻盐[2]，付知音重翻检。

（同下）（旦）妙哉此乐。清高宛转，感我心魂，真非人间所有也！

【锦后拍】缥缈中簇仙姿宛曾觇。听彻清音意厌厌，数琳琅琬琰；数琳琅琬琰，一字字偷将凤鞋轻点，按宫商掐记指儿尖。晕羞脸，枉自许舞娇歌艳，比着这钧天雅奏多是歉。

请问仙子，愿求月主一见。（贴）要见月主还早。天色渐明，请娘娘回宫去罢。

【尾声】你攀蟾有路应相念，（旦）好记取新声无欠，（贴）只误了你把枕上君王半夜儿闪。

（旦下）（贴）杨妃已回唐宫，我索向月主娘娘复旨则个。

碧瓦桐轩月殿开，　曹唐

还将明月送君回。　丁仙芝

钧天虽许人间听，　李商隐

却被人间更漏催。　黄滔

---

[1] 斗拈：争着奏乐。
[2] 盐：即艳，乐曲开头的引子。

第十二出　制谱

【仙吕过曲】【醉罗歌】[醉扶归]（老旦上）西宫才奉传呼罢，安排水榭要清佳。慢卷晶帘散朝霞，玉钩却映初阳挂。奴家永新是也。与念奴妹子同在西宫，承应贵妃杨娘娘。我娘娘再入宫闱，万岁爷更加恩幸。真乃三千宠爱在一身，六宫粉黛无颜色。今早娘娘分付，收拾荷亭，要制曲谱。念奴妹子在那里伏侍晓妆，奴家先到此间，不免将文房四宝，摆设起来。[皂罗袍]你看笔床初拂，光分素札；砚池新注，香浮墨华，绿阴深处多幽雅。[排歌尾]竹风引，荷露洒，对波纹帘影弄参差。

呀，兰麝香飘，佩环风定，娘娘早则到也。（旦引贴上）

【正宫引子】【新荷叶】幽梦清宵度月华，听《霓裳羽衣》歌罢。醒来音节记无差，拟翻新谱销长夏。

斗画长眉翠淡浓，远山移入镜当中。晓窗日射胭脂颊，一朵红酥旋欲融。我杨玉环自从截发感君之后，荷宠弥深。只有梅妃《惊鸿》一舞，圣上时常夸奖。思欲另制一曲，掩出其上。正在推敲，昨夜忽然梦入月宫。见桂树之下，仙女数人，素衣红裳，奏乐甚美。醒来追忆，音节宛然。因此分付永新，收拾荷亭，只待细配宫商，谱成新曲。（老

旦）启娘娘：纸墨笔砚，已安排齐备了。（旦）你与念奴一同在此伺候。（老旦、贴应，作打扇、添香介）（旦作制谱介）

【正宫过曲】【刷子带芙蓉】[刷子序] 荷气满窗纱，鸾笺慢伸，犀管轻挐，待谱他月里清音，细吐我心上灵芽。这声调虽出月宫，其间转移过度，细微曲折之处，须索自加细审。安插，一字字要调停如法，一段段须融和入化。这几声尚欠调匀，拍你[1]怎下？（内作莺啼，旦执笔听介）呀，妙阿！（作改介）[玉芙蓉] 听宫莺数声恰好应红牙[2]。

（搁笔介）谱已制完，永新，是什么时候了？（老旦）晌午了。（旦）万岁爷可曾退朝？（老旦）尚未。（旦）永新，且随我更衣去来。念奴在此伺候，万岁爷到时，即忙通报。（贴）领旨。（旦）好凭晚镜增蛾翠，漫试香纱换蝶衣。（引老旦随下）（生行上）

【渔灯映芙蓉】[山渔灯] 散千官，朝初罢。拟对玉人，长昼闲话。寡人方才回宫，听说妃子在荷亭上，因此一径前来。依流水待觅胡麻[3]，把银塘路踏。（作到介）（贴见介）呀，万岁爷到了。（生）念奴，你娘娘在何处闲欢耍？怎堆香几有笔砚交加？（贴）娘娘在此制谱，方才更衣去了。（生）妃子，妃子！美人韵事，被你都占尽也。但不知制甚曲谱，待寡人看来。（作坐翻看介）消详从头觑咱。妙哉，只这锦字荧荧

---

[1] 拍你(qǐ)：不合节拍。

[2] 应红牙：合了节拍。红牙，唱曲时用以打节拍的红色牙板。

[3] 依流水待觅胡麻：希望见到仙女。相传刘晨、阮肇采药天台山，水上漂来胡麻饭，随后见到仙女。

银钩小，更度羽换宫没半米差。好奇怪，这谱连寡人也不知道。细按音节，不是人间所有，似从天上，果曲高和寡。妃子，不要说你娉婷绝世，只这一点灵心，有谁及得你来？〔玉芙蓉〕恁聪明、也堪压倒上阳花。

【普天赏芙蓉】〔普天乐〕（旦换妆，引老旦上）换轻妆，多幽雅。试生绡添潇洒。（见生介）臣妾见驾。（生扶介）妃子坐了。（坐介）（生）妃子，看你晚妆新试，妖媚益增。似迎风袅袅杨枝，宛凌波濯濯莲花。芳兰一朵斜把云鬟压，越显得庞儿风流煞。（旦）陛下今日退朝，因何恁晚？（生）只为灵武太守员缺，地方紧要，与廷臣议了半日，难得其人。朕特擢郭子仪，补授此缺，因此退朝迟了。（旦）妾候陛下不至，独坐荷亭，爱风来一弄明纱，闲学谱新声奏雅。〔玉芙蓉〕怕输他舞《惊鸿》、曲终满座有光华。

（生）寡人适见此谱，真乃千古奇音，《惊鸿》何足道也！（旦）妾凭臆见，草草创成。其中错误，还望陛下更定。（生）再同妃子，细细点勘一番。（老旦、贴暗下）（生、旦并坐翻谱介）

【朱奴折芙蓉】〔朱奴儿〕倚长袖香肩并亚，翻新谱玉纤同把。（生）妃子，似你绝调佳人世真寡，要觅破绽并无毫发。再问妃子，此谱何名？（旦）妾于昨夜梦入月宫，见一群仙女奏乐，尽着霓裳羽衣。意欲取此四字，以名此曲。（生）好个"霓裳羽衣"！非虚假，果合伴天香桂花。〔玉芙蓉〕（作看旦介）觑仙姿、想前身原是月中娃。

此谱即当宣付梨园，但恐俗手伶工，未谙其妙。朕欲令永新、念奴，先抄图谱，妃子亲自指授。然后传与李龟年等，教习梨园子弟，却不是好。（旦）领旨。（生携旦起介）天已薄暮，进宫去来。

【尾声】晚风吹，新月挂，（旦）正一缕凉生凤榻。（生）妃子，你看这池上鸳鸯早双眠并蒂花。

（生）芙蓉不及美人妆，王昌龄

（旦）杨柳风多水殿凉。刘长卿

（老旦）花下偶然歌一曲，曹唐

（合）传呼法部按《霓裳》。王建

第十三出　权哄

【双调引子】【秋蕊香】(副净引祗从上)狼子野心难料,看跋扈渐肆咆哮,挟势辜恩更堪恼,索假忠言入告[1]。

下官杨国忠。外凭右相之尊,内恃贵妃之宠。满朝文武,谁不趋承!独有安禄山这厮,外面假作痴愚,肚里暗藏狡诈。不知圣上因甚爱他,加封王爵!他竟忘了下官救命之恩,每每遇事欺凌,出言挺撞。好生可恨!前日曾奏圣上,说他狼子野心,面有反相,恐防日后酿祸,怎奈未见听从。今日进朝,须索相机再奏,必要黜退了他,方快吾意。来此已是朝门,左右回避。(从下)(内喝道介)(副净)呀,那旁呵殿之声,且看是谁?(净引祗从上)

【玉井莲后】宠固君心,暗中包藏计狡。

左右回避。(从下)(净见副净介)请了。(副净笑介)哦,原来是安禄山!(净)老杨,你叫我怎么?(副净)这是九重禁地,你怎敢在此大声呵殿?(净作势介)老杨,你看我:脱下御衣亲赐着,进来龙马每教骑。常承密旨趋朝数,独奏边机出殿迟。我做郡王的,便呵殿这么一声,也不妨。比似你右

---

[1] 索假忠言入告:指杨国忠要假装忠心,向皇帝告安禄山的状。

相还早哩！（副净冷笑介）好，好个"不妨"！安禄山，我且问你，这般大模大样是几时起的？（净）下官从来如此。（副净）安禄山，你也还该自去想一想！（净）想甚么？（副净）你只想当日来见我的时节，可是这个模样么？（净）彼一时，此一时，说他怎的。（副净）唉，安禄山，

【仙吕入双调过曲】【风入松】你本是刀头活鬼罪难逃，那时节长跪阶前哀告。我封章[1]入奏机关巧，才把你身躯全保。（净）赦罪复官，出自圣恩，与你何涉？（副净）好，倒说得干净！只太把良心昧了。恩和义付与水萍飘。

（净）唉，杨国忠，你可晓得，

【前腔】世间荣落偶相遭？休夸着势压群僚。你道我失机之罪，可也记得南诏的事[2]么？胡卢提[3]掩败将功冒，怪浮云蔽遮天表。（副净）圣明在上，谁敢蒙蔽？这不是谤君么！（净）还说不蒙蔽，你卖爵鬻官多少？贪财货竭脂膏。（副净）住了，你道卖官鬻爵，只问你的富贵，是那里来的？（冷笑介）（净）也非止这一桩。若论你、恃戚里，施奸狡，误国罪，有千条。（副净）休得把、诬蔑语，凭虚造。（扯净介）我与你、同去面当朝！

（净）谁怕你来，同去，同去！（作同扭进朝俯伏介）（副净）臣

---

[1] 封章：机密奏章。

[2] 南诏的事：据《资治通鉴》，天宝十年，剑南节度使鲜于仲通征讨南诏大败。杨国忠隐瞒不报败绩反冒报其功。

[3] 胡卢提：糊里糊涂。

杨国忠谨奏：

【前腔】[本调] 禄山异志腹藏刀，外作痴愚容貌。奸同石勒倚东门啸[1]。他不拜储君公然桀傲，这无礼难容圣朝。望吾皇立赐罢斥，除凶恶早绝祸根苗。

（净伏介）臣安禄山谨奏：

【前腔】念微臣谬荷主恩高，遂使嫌生权要，愚蒙触忤知难保。（泣介）陛下呵，怕孤立终落他圈套。微臣呵，寸心赤只有吾皇鉴昭。容出镇犬马效微劳。（内）圣旨道来：杨国忠、安禄山互相讦奏，将相不和，难以同朝共理。特命安禄山为范阳节度使，克期赴镇。谢恩。（净、副净）万岁！（起介）（净向副净拱手介）老丞相，下官今日去了，你再休怪我大模大样。朝门内，一任你、张牙爪，我去开幕府[2]，自逍遥。（副净冷笑介）（净欲下，复转向副净介）还有一句话儿，今日下官出镇，想也仗、回天力、相提调。（举手介）请了，我且将冷眼，看伊曹[3]。

（下）（副净看净下介）呀，有这等事！

【前腔】[本调] 一腔块垒怎生消。我待把他威风抹倒，谁知反分节钺[4]添荣耀。这话靶教人嘲笑。咳，但愿禄山

---

[1] 石勒倚东门啸：据《晋书》，后赵开国君王石勒年少时曾倚啸东门，被王衍预言其"将为天下之患"。此处以石勒代指安禄山。

[2] 开幕府：指出任节度使。

[3] 曹：辈。

[4] 节钺：符节与斧钺，皇帝授予大将的信物。

此去，做出事来，方信我忠言最早！圣上，圣上，到此际可也悔今朝！

去邪当断勿狐疑，周昙

祸稔萧墙竟不知。储嗣宗

壮气未平空咄咄，徐铉

甘言狡计奈娇痴！郑嵎

第十四出　偷曲

【仙吕过曲】【八声甘州】（老旦、贴携谱上）（老旦）霓裳谱定，（贴合）向绮窗深处秘本翻誊。香喉玉口，亲将绝调教成。（老旦）奴家永新，（贴）奴家念奴。（老旦）自从娘娘制就《霓裳》新谱，我二人亲蒙教授。今驾幸华清宫，即日要奏此曲。命我二人，在朝元阁[1]上，传谱与李龟年，连夜教演梨园子弟。（贴）散序[2]俱已传习，今日该传拍序[3]了。（老旦）你看月明如水，正好演奏。我和你携了曲谱，先到阁中便了。（行介）（合）凉蟾正当高阁升，帘卷薰风映水晶。高清，恰称广寒宫仙乐声声。（下）

【道宫近词】【鱼儿赚】（末苍髯，扮李龟年上）乐部旧闻名，班首新推独老成。早暮趋承，上直[4]更番[5]入内廷。自家李龟年是也。向作伶官，蒙万岁爷点为梨园班首。今有贵妃娘娘《霓裳》新曲，奉旨令永新、念奴传谱出来，在朝元

---

[1] 朝元阁：骊山上祭祀老子的道观，李隆基、杨玉环欢会之处。

[2] 散序：《霓裳羽衣》的序曲。

[3] 拍序：《霓裳羽衣》"散序"后的部分，又名"中序"。

[4] 上直：值班。

[5] 更番：轮流。

阁上教演，立等供奉。只得连夜趱习，不免唤齐众兄弟每同去。兄弟每那里？（副净扮马仙期上）仙期方响[1]鬼神惊，（外扮雷海青上）铁拨[2]争推雷海青。（净白须扮贺怀智上）贺老琵琶擅场屋[3]，（丑扮黄幡绰上）黄家幡绰板尤精。（同见末介）李师父拜揖。（末）请了。列位呵，君王命，《霓裳》催演不教停。那永新、念奴呵，两娉婷，把红牙小谱携端正，早向朝元待月明。（众）如此，我每就去便了。（末）请同行。（同行介）趁迟迟宫漏夜凉生，把新腔敲订，新腔敲订。（同下）

【仙吕过曲】【解三醒犯】（小生巾服扮李謩上）[解三醒]逞风魔少年逸兴，借曲中妙理陶情。传闻今夜蓬莱境，翻妙谱奏新声。小生李謩是也，本贯江南，遨游京国。自小谙通音律，久以铁笛擅名。近闻宫中新制一曲，名曰《霓裳羽衣》。乐工李龟年等，每夜在朝元阁中演习。小生慕此新声，无从得其秘谱。打听的那阁子，恰好临着宫墙，声闻于外。不免袖了铁笛，来到骊山，趁此月明如昼，窃听一回。一路行来，果然好景致也。（行介）林收暮霭天气清，山入寒空月彩横。真佳景，[八声甘州]宛身从画里游行。

（场上设红帷作墙，墙内搭一阁介）（小生）说话之间，早来到宫墙下了。

---

[1] 方响：一种打击乐器。

[2] 铁拨：指代琵琶。

[3] 擅场屋：技压全场。场屋，奏乐的地方。

【道宫调近词】【应时明近】只见五云中，宫阙影，窈窕玲珑映月明。光辉看不定，光辉看不定。想潜通御气，处处仙楼，阑干畔有玉人闲凭。

闻那朝元阁，在禁苑西首，我且绕着红墙，迤逦行去。（行介）

【前腔】花阴下，御路平，紧傍红墙款款行。（望介）只这垂杨影里，一座高楼露出墙头，想就是了。凝眸重细省，凝眸重细省，只见画帘缥缈，文窗掩映。（指介）兀的不是上有红灯！

（老旦、贴在墙内上阁介）（末众在内云）今日该演拍序，大家先将散序，从头演习一番。（小生）你看上面灯光隐隐，似有人声。一定是这里了。我且潜听一回。（作潜立听介）

【双赤子】悄悄冥冥，墙阴窃听。（内作乐介）（小生作袖出笛介）不免取出笛来，倚声和之。就将音节，细细记明便了。听到月高初更后，果然弦索齐鸣。恰喜禁垣夜深人静，玎璁[1]齐应。这数声恍然心领，那数声恍然心领。

（内细十番[2]，小生吹笛和介）（乐止，老旦、贴在内阁上唱后曲，小生吹笛合介）（老旦、贴）

【画眉儿】骊珠[3]散进，入拍初惊。云翻袂影，飘然

---

[1] 玎璁：乐器声。

[2] 细十番：即十番锣鼓，由十种乐器组成。

[3] 骊珠：神话中骊龙颔下有宝珠，称骊珠。

回雪舞风轻。飘然回雪舞风轻，约略[1]烟蛾[2]态不胜。（小生接唱）这数声恍然心领，那数声恍然心领。

（内细十番如前，老旦、贴内唱，小生笛合介）（老旦、贴）

【前腔】珠辉翠映，凤翥鸾停。玉山蓬顶，上元挥袂引双成[3]。上元挥袂引双成，萼绿回肩招许琼[4]。（小生接唱）这数声恍然心领，那数声恍然心领。

（内又如前十番，老旦、贴内唱，小生笛合介）（老旦、贴）

【前腔】音繁调骋，丝竹纵横。翔云忽定，慢收舞袖弄轻盈。慢收舞袖弄轻盈，飞上瑶天歌一声。（小生接唱）这数声恍然心领，那数声恍然心领。

（内又十番一通，老旦、贴暗下）（小生）妙哉曲也。真个如敲秋竹，似戛[5]春冰，分明一派仙音，信非人世所有。被我都从笛中偷得，好侥幸也！

【鹅鸭满渡船】霓裳天上声，墙外行人听。音节明，宫商正，风内高低应。偷从笛里写出无余剩。呀，阁上寂然无声，想是不奏了。人散曲终红楼静，半墙残月摇花影。

你看河斜月落，斗转参横，不免回去罢。（袖笛转行介）

---

[1] 约略：淡淡。

[2] 烟蛾：黑眉毛。

[3] 上元挥袂引双成：上元、双成均为仙女名。

[4] 萼绿回肩招许琼：萼绿，萼绿华；许琼，许飞琼。此亦为仙女名。以上四仙女均擅乐器。

[5] 戛：敲。

【尾声】却回身，寻归径。只听得玉河流水韵幽清，
犹似《霓裳》袅袅声。

倚天楼殿月分明，_{杜牧}

歌转高云夜更清。_{赵嘏}

偷得新翻数般曲，_{元稹}

酒楼吹笛有新声。_{张祜}

第十五出　进果

【过曲】【柳穿鱼】（末扮使臣持竿挑荔枝篮，作鞭马急上）一身万里跨征鞍，为进离支[1]受艰难。上命遣差不由己，算来名利怎如闲！巴得个到长安，只图贵妃看一看。

自家西州道使臣，为因贵妃杨娘娘，爱吃鲜荔枝，奉敕涪州，年年进贡。天气又热，路途又远，只得不惮辛勤，飞马前去。（作鞭马重唱"巴得个"三句跑下）

【撼动山】（副净扮使臣持荔枝篮，鞭马急上）海南荔子味尤甘，杨娘娘偏喜啖。采时连叶包，缄封贮小竹篮。献来晓夜不停骖[2]，一路里怕耽，望一站也么奔一站！

自家海南道使臣。只为杨娘娘爱吃鲜荔枝，俺海南所产，胜似涪州，因此敕与涪州并进。但是俺海南的路儿更远，这荔枝过了七日，香味便减，只得飞驰赶去。（鞭马重唱"一路里"二句跑下）

【十棒鼓】（外扮老田夫上）田家耕种多辛苦，愁旱又愁雨。一年靠这几茎苗，收来半要偿官赋，可怜能得几粒到肚！

---

[1] 离支：荔枝。

[2] 骖：三匹马拉的车。

每日盼成熟，求天拜神助。

老汉是金城县东乡一个庄家。一家八口，单靠着这几亩薄田过活。早间听说进鲜荔枝的使臣，一路上捎着径道行走，不知踏坏了人家多少禾苗！因此，老汉特到田中看守。（望介）那边两个算命的来了。（小生扮算命瞎子手持竹板，净扮女瞎子弹弦子，同行上）

【蛾郎儿】住褒城[1]，走咸京，细看流年与五星[2]。生和死，断分明，一张铁口尽闻名。瞎先生，真灵圣，叫一声，赛神仙，来算命。

（净）老的，我走了几程，今日脚疼，委实走不动。不是算命，倒在这里挣命了。（小生）妈妈，那边有人说话，待我问他。（叫介）借问前面客官，这里是什么地方了？（外）这是金城东乡，与渭城西乡交界。（小生斜揖介）多谢客官指引。（内铃响，外望介）呀，一队骑马的来了。（叫介）马上长官，往大路上走，不要踏了田苗！（小生一面对净语介）妈妈，且喜到京不远，我每叫向前去，雇个毛驴子与你骑。（重唱"瞎先生"三句走介）（末鞭马重唱前"巴得个"三句急上，冲倒小生、净下）（副净鞭马重唱前"一路里"二句急上，踏死小生下）（外跌脚向鬼门[3]哭介）天啊，你看一片田禾，都被那厮踏烂，眼见的没用了。休说一家性命难存，现今

---

[1] 褒城：县名，在陕西南郑西北。

[2] 细看流年与五星：星相家把人脸分九十九个部位，与金、木、水、火、土五星配合，算人流年运势。

[3] 鬼门：舞台边出入口。

官粮紧急，将何办纳！好苦也！（净一面作爬介）哎呀，踏坏人了，老的啊，你在那里？（作摸着小生介）呀，这是老的。怎么不做声，敢是踏昏了？（又摸介）哎呀，头上湿渌渌的。（又摸闻手介）不好了，踏出脑浆来了！（哭叫介）我那天呵，地方救命。（外转身作看介）原来一个算命先生，踏死在此。（净起斜福介）只求地方，叫那跑马的人来偿命。（外）哎，那跑马的呵，乃是进贡鲜荔枝与杨娘娘的。一路上来，不知踏坏了多少人，不敢要他偿命。何况你这一个瞎子！（净）如此怎了！（哭介）我那老的呵，我原算你的命，是要倒路死的。只这个尸首，如今怎么断送！（外）也罢，你那里去叫地方，就是老汉同你抬去埋了罢。（净）如此多谢，我就跟着你做一家儿，可不是好！（同抬小生）（哭，诨下）（丑扮驿卒上）

【小引】驿官逃，驿官逃，马死单单剩马臕。驿子有一人，钱粮没半分。拚受打和骂，将身去招架，将身去招架！

　　自家渭城驿中，一个驿子便是。只为杨娘娘爱吃鲜荔枝，六月初一是娘娘的生日，涪州、海南两处进贡使臣，俱要赶到。路由本驿经过，怎奈驿中钱粮没有分文，瘦马刚存一匹。本官怕打，不知逃往那里去了，区区就便权知此驿。只是使臣到来，如何应付？且自由他！（末飞马上）

【急急令】黄尘影内日衔山，赶赶赶，近长安。（下马介）驿子，快换马来。（丑接马，末放果篮，整衣介）（副净飞马上）一身汗雨四肢瘫，趱趱趱，换行鞍。

　　（下马介）驿子，快换马来。（丑接马，副净放果篮，与末见介）请了，长官也是进荔枝的？（末）正是。（副净）驿子，下程酒饭在那里？（丑）不曾备得。（末）也罢，我每不吃饭了，快带马来。（丑）两位爷在上，本驿只剩有一匹马，但凭那一位爷骑去就是。（副净）哎，偌大一个渭城驿，怎么只有一匹马！快唤你那狗官来，问他驿马那里去了？（丑）若说起驿马，连年都被进荔枝的爷每骑死了。驿官没法，如今走了。（副净）既是驿官走了，只问你要。（丑指介）这棚内不是一匹马么？（末）驿子，我先到，且与我先骑了去。（副净）我海南的来路更远，还让我先骑。（末作向内介）

【恁麻郎】我只先换马，不和你斗口。（副净扯介）休恃强，惹着我动手。（末取荔枝在手介）你敢把我这荔枝乱丢！（副净取荔枝向末介）你敢把我这竹笼碎扭！（丑劝介）请罢休，免气吼，不如把这匹瘦马同骑一路走！（副净放荔枝打丑介）哎，胡说！

【前腔】我只打你这泼腌臜死囚！（末放荔枝打丑介）我也打你这放刁顽贼头！（副净）克官马嘴儿太油。（末）误上用胆儿似斗。（同打介）（合）鞭乱抽，拳痛殴，打得你难挨那马自有！

【前腔】（丑叩头介）向地上连连叩头，望台下轻轻放手。（末、副净）若要饶你，快换马来。（丑）马一匹驿中现有。（末、副净）再要一匹。（丑）第二匹实难补凑。（末、副净）没有只是打！（丑）且慢纽，请听剖，我只得脱下衣裳与你权当酒！

（脱衣介）（末）谁要你这衣裳！（副净作看衣，披在身上介）也罢，赶路要紧。我原骑了那马，前站换去。（取果上马，重唱前"一路里"二句跑下）（末）快换马来我骑。（丑）马在此。（末取果上马，重唱前"巴得个"三句跑下）（丑吊场）咳，杨娘娘，杨娘娘，只为这几个荔枝呵！

铁关金锁彻明开，_{崔液}

黄纸初飞敕字回。_{元稹}

驿骑鞭声砉流电，_{李郢}

无人知是荔枝来。_{杜牧}

第十六出　舞盘

【仙吕引子】【奉时春】（生引二内侍、丑随上）山静风微昼漏长，映殿角火云[1]千丈。紫气东来，瑶池西望，翩翩青鸟庭前降。

朕同妃子避暑骊山。今当六月朔日，乃是妃子诞辰。特设宴在长生殿中，与他称庆，并奏《霓裳》新曲。高力士，传旨后宫，宣娘娘上殿。（丑）领旨。（向内传介）（内应"领旨"介）（旦盛妆，引老旦、贴上）

【唐多令】日影耀椒房，花枝弄绮窗。门悬小帨[2]赭罗黄。绣得文鸯成一对，高傍着五云翔。

（见介）臣妾杨氏见驾。愿陛下万岁，万万岁！（生）与妃子同之。（旦坐介）（生）紫云深处婺光[3]明，（旦）带露灵桃倚日荣。（老旦、贴）岁岁花前人不老，（丑合）长生殿里庆长生。（生）今日妃子初度[4]，寡人特设长生之宴，同为竟日之欢。（旦）薄命生辰，荷蒙天宠。愿为陛下进千秋万岁之觞。（丑）酒到。

---

[1] 火云：夏天火样红云。
[2] 帨：古代女子佩巾。
[3] 婺光：婺女星的亮光，借喻杨玉环。
[4] 初度：生日。

（旦拜，献生酒，生答赐，旦跪饮，叩头呼"万岁"，坐介）（生）

【高平过曲】【八仙会蓬海】［八声甘州］风薰日朗，看一叶阶蓂摇动炎光。华筵初启，南山遥映霞觞。［玩仙灯］（合）果合欢桃生千岁，花并蒂莲开十丈。［月上海棠］宜欢赏，恰好殿号长生，境齐蓬阆。

（小生扮内监，捧表上）手捧金花红榜子，齐来宝殿祝千秋。（见介）启万岁爷、娘娘，国舅杨丞相，同韩、虢、秦三国夫人，献上寿礼贺笺，在外朝贺。（丑取笺送生看介）（生）生受他每。丞相免行礼，回朝办事。三国夫人，候朕同娘娘回宫筵宴。（小生）领旨。（下）（净扮内监捧荔枝、黄袱盖上）正逢瑶圃千秋宴，进到炎州[1]十八娘[2]。（见介）启万岁爷，涪州、海南贡进鲜荔枝在此。（生）取上来。（丑接荔枝去袱，送上介）（生）妃子，朕因你爱食此果，特敕地方飞驰进贡。今日寿宴初开，佳果适至，当为妃子再进一觞。（旦）万岁！（生）宫娥每，进酒。（老、贴进酒介）（旦）

【杯底庆长生】［倾杯序］［换头］盈筐，佳果香，幸黄封[3]，远敕来川广。爱他浓染红绡，薄裹晶丸，入手清芬，沁齿甘凉。［长生导引］（合）便火枣交梨[4]应让，只合来万岁台前，千秋筵上，伴瑶池阿母进琼浆。

---

[1] 炎州：指南方。

[2] 十八娘：荔枝品种名。

[3] 黄封：用黄绢包裹。

[4] 火枣交梨：传说能使人长生、升天的神仙果。

高力士，传旨李龟年，押梨园子弟上殿承应。（丑）领旨。
（向内传介）（末引外、净、副净、丑各锦衣、花帽，应"领旨"上）红牙待
拍筝排柱，催着红罗上舞筵，换戴柘枝新帽子[1]，随班行到
御阶前。（见介）乐工李龟年，押领梨园子弟，叩见万岁爷、
娘娘。（生）李龟年，《霓裳》散序昨已奏过，《羽衣》第二
叠可曾演熟？（末）演熟了。（生）用心去奏。（末）领旨。（起介）
（暗下）（旦）妾启陛下，此曲散序六奏，止有歌拍而无流拍。
中序六奏，有流拍而无促拍，其时未有舞态。

【八仙会蓬海】[换头]只是悠扬，声情俊爽。要停住彩
云飞绕虹梁。至羽衣三叠，名曰饰奏[2]。一声一字，都将舞
态含藏。其间有慢声，有缠声，有衮声，应清圆骊珠一串，
有入破，有摊破，有出破，合袅娜氍毹[3]千状。还有花犯，
有道和，有傍拍，有间拍，有催拍，有偷拍，多音响，皆
与慢舞相生，缓歌交畅。

（生）妃子所言，曲尽歌舞之蕴。（旦）妾制有翠盘一面，
请试舞其中，以博天颜一笑。（生）妃子妙舞，寡人从未得见。
永新、念奴，可同郑观音、谢阿蛮伏侍娘娘，上翠盘来者。
（老、贴）领旨。（旦起福介）告退更衣。整顿衣裳重结束[4]，一身

---

[1] 换戴柘枝新帽子：柘枝，桑树枝，舞者插帽子上做装饰。唐代有柘枝舞、
　　柘枝词。
[2] 饰奏：伴奏。
[3] 氍毹：舞台红地毯。
[4] 结束：此指穿戴。

飞上翠盘中。(引老、贴下)(生) 高力士，传旨李龟年，领梨园子弟按谱奏乐。朕亲以羯鼓节之。(丑) 领旨。(向内传介)(生起更衣，末、众在场内作乐介)(场上设翠盘，旦花冠、白绣袍、璎珞、锦云肩、翠袖、大红舞裙，老、贴同净、副净扮郑观音、谢阿蛮，各舞衣、白袍，执五彩霓旌、孔雀云扇，密遮旦簇上翠盘介)(乐止，旌扇徐开，旦立盘中舞，老、贴、净、副唱，丑跪捧鼓，生上坐击鼓，众在场内打细十番合介)

【羽衣第二叠】[画眉序] 罗绮合花光，一朵红云自空漾。[皂罗袍] 看霓旌四绕，乱落天香。[醉太平] 安详，徐开扇影露明妆。[白练序] 浑一似天仙，月中飞降。(合) 轻扬，彩袖张，向翡翠盘中显伎长。[应时明近] 飘然来又往，宛迎风菡萏[1]，[双赤子] 翩翩叶上。举袂向空如欲去，乍回身侧度无方。(急舞介)[画眉儿] 盘旋跌宕，花枝招飐柳枝扬，凤影高骞[2] 鸾影翔。[拗芝麻] 体态娇难状，天风吹起众乐缤纷响。[小桃红] 冰弦玉柱声嘹亮，鸾笙像管音飘荡，[花药栏] 恰合着羯鼓低昂。按新腔，度新腔，[怕春归] 褭金裙齐作留仙[3] 想。(生住鼓，丑携去介)[古轮台] 舞住敛霞裳，(朝上拜介) 重低额，山呼万岁拜君王。

(老、贴、净、副扶旦下盘介)(净、副暗下)(生起，前携旦介) 妙哉，舞也！逸态横生，浓姿百出。宛若翩凤回雪，恍如飞燕游龙。

---

[1] 菡萏：荷花。

[2] 高骞：高飞。

[3] 留仙：传赵飞燕舞蹈时乘风欲飞，被人拉住裙子才留住。

真独擅千秋矣。宫娥每，看酒来，待朕与妃子把杯。（老、贴奉酒，生擎杯介）

【千秋舞霓裳】［千秋岁］把金觞，含笑微微向，请一点点檀口轻尝。（付旦介）休得留残，休得留残，酬谢你舞怯腰肢劳攘[1]。（旦接杯谢介）万岁！［舞霓裳］亲颁玉醖恩波广，惟惭庸劣怎承当！（生看旦介）俺仔细看他模样，只这持杯处，有万种风流殢人肠。

（生）朕有鸳鸯万金锦十四匹，丽水紫磨金步摇一事，聊作缠头[2]。（出香囊介）还有自佩瑞龙脑八宝锦香囊一枚，解来助卿舞佩。（旦接香囊谢介）万岁。（生携旦行介）

【尾声】（生）霓裳妙舞千秋赏，合助千秋祝未央。（旦）侥幸杀亲沐君恩透体香。

（生）长生秘殿倚青苍，吴融

（旦）玉体还分献寿觞。张说

（生）饮罢更怜双袖舞，韩翃

（旦）满身新带五云香。曹唐

---

[1] 劳攘：劳累。

[2] 缠头：借指赏给艺人的财物。

第十七出　合围

（外末、副净、小生扮四番将上）（外）三尺镔刀耀雪光，（末）腰间明月角弓张。（副净）葡萄酒醉胭脂血，（小生）貂帽花添锦绣装。（外）俺范阳镇东路将官何千年是也。（末）俺范阳镇西路将官崔乾祐是也。（副净）俺范阳镇南路将官高秀岩是也。（小生）俺范阳镇北路将官史思明是也。（各弯腰见科）请了，昨奉王爷将令，传集我等，只得齐至帐前伺候。道犹未了，王爷升帐也。（内鼓吹、掌号科）（净戎装引番姬、番卒上）

【越调】【紫花拨四】统貔貅雄镇边关。双眸觑破番和汉，掌儿中握定江山，先把这四周围爪牙迭办[1]。

我安禄山夙怀大志，久蓄异谋。只因一向在朝，受封东平王爵，宠幸无双，富贵已极，咱的心愿倒也罢了。叵耐杨国忠那厮，与咱不合，出镇范阳。且喜跳出樊笼，正好暗图大事。俺家所辖，原有三十二路将官，番汉并用，性情各别，难以任为腹心。因此奏请一概俱用番将。如今大小将领，皆咱部落。（笑科）任意所为，都无顾忌了。昨日

---

[1] 迭办：安排。

传集他每俱赴帐前，这嗒[1]敢待齐也。（众进见科）三十二路将官参见。（净）诸将少礼。（众）请问王爷，传集某等，不知有何钧令？（净）众将官，目今秋高马壮，正好演习武艺。特召你等，同往沙地，大合围场，较猎一番。多少是好！（众）谨遵将令。（净）就此跨马前去。（同众作上马科）（净）

【胡拨四犯】紫缰轻挽，（合）双手把紫缰轻挽，骗上马[2]，将盔缨低按。（行科）闪旗影云殷，没揣的动龙蛇[3]，一直的通霄汉。按奇门[4]布下了九连环[5]，觑定了这小中原在眼，消不得俺众路强蕃。（众四面立，净指科）这一员身材慓悍，那一员结束牢拴，这一员莽兀喇拳[6]毛高鼻，那一员恶支沙雕目胡颜，这一员会急进格邦的弓开月满，那一员会滴溜扑碌的锤落星寒，这一员会咭吒克擦的枪风闪烁，那一员会悉力飒剌的剑雨澎滩，端的是人如猛虎离山涧，显英雄天可汗[7]！（众行科）（合）振军威，扑通通鼓鸣，惊魂破胆；排阵势，韵悠悠角声，人疾马闲。抵多少雷轰电转，可正是海沸也那河翻。折末[8]的铜作壁，铁作垒，有甚么攻不破、

---

[1] 这嗒：这时候。

[2] 骗上马：骗腿上马。

[3] 没揣的动龙蛇：没揣的，忽然。龙蛇，双关语，既指旗上图案，又象征安禄山的野心。

[4] 奇门：奇门遁甲，一种神秘术数。

[5] 九连环：即九宫连环八卦阵。

[6] 拳：卷。

[7] 天可汗：外族对大唐皇帝的尊称。

[8] 折末：不管。

攻不破也雄关！（净）这里地阔沙平，就此摆开围场，射猎一回者。（净同番姬立高处，众排围射猎下）（净）摆围场这间、这间，四下里来挤趱、挤趱。马蹄儿泼刺刺旋风赳[1]，不住的把弓来紧弯，弦来急攀。一回呵滚沙场兔鹿儿无头赶，都难动弹，就地里跧跧[2]。（众射鸟兽上）（净）把鹰、犬放过去者。（众应，放鹰、犬科，跑下）（净）呀呀呀，疾忙里一壁厢把翅摩霄的玉爪腾空散，一壁厢把足驾雾的金獒逐路拦，霎时间兽积、兽积如山。（众上献猎物科）禀王爷：众将献杀[3]。（净）打的鸟兽，散给众军。就此高坡上，把人马歇息片时。大家炙肉暖酒，番姬每歌的歌，舞的舞，洒落[4]一回者。（众）得令。（同席地坐，番姬送净酒，众作拔刀割肉，提背壶斟酒，大饮唻科）（番姬弹琵琶、浑不是[5]，众打太平鼓板）（合）斟起这酪浆儿，满满的浮金盏，满满的浮金盏。更把那连毛带血肉生餐，笑拥着番姬双颊丹，把琵琶忒楞楞弹也么弹，唱新声《菩萨蛮》。（净起科）吃了一会，酒醉肉饱。天色已晚，诸将各回汛地[6]。须要整顿兵器，练习军马，听候将令便了。（众应科）得令。（作同上马吹海螺，侧帽、摆手绕场疾行科）听罢了令，疾翻身跃登锦鞍，侧着帽、摆手轻儇[7]。各自里

---

[1] 赳：跳跃。

[2] 跧跧：弯曲。

[3] 献杀：献猎物。

[4] 洒落：休憩玩耍。

[5] 浑不是：一种弹拨乐器。

[6] 汛地：驻防营地。

[7] 轻儇：轻快。

回还，镇守定疆藩。摆掇些旗竿，装折着轮辐[1]，听候传番，施逞凶顽。天降摧残，地起波澜。把渔阳凝盼，一飞羽箭，争赴兵坛，专等你个抱赤心的将军、将军来调拣。

（众下）（净）你看诸路番将，一个个人强马壮，眼见得（俺）的羽翼已成。（笑科）唐天子，唐天子，你怎当得也！

【煞尾】没照会，先去了那掣肘汉家官；有机谋，暗添上这助臂番儿汉。等不的宴华清《霓裳》法曲终，早看俺闹鼓鼙渔阳骁将反。

　　六州番落从戎鞍，薛逢

　　战马闲嘶汉地宽。刘禹锡

　　倏忽抟风生羽翼，骆宾王

　　山川龙战血漫漫。胡曾

---

[1] 辐：挡泥板。

第十八出　夜怨

【正宫引子】【破齐阵】［破阵子头］（旦上）宠极难拚轻舍，欢浓分外生怜。［齐天乐］比目游双，鸳鸯眠并，未许恩移情变。［破阵子尾］只恐行云随风引，争奈闲花[1]竟日妍，终朝心暗牵。

【清平乐】卷帘不语，谁识愁千缕。生怕韶光无定主，暗里乱催春去。心中刚自疑猜，那堪踪迹全乖。凤辇却归何处？凄凉日暮空阶。奴家杨玉环，久邀圣眷，爱结君心。叵耐梅精江采蘋，意不相下[2]。恰好触忤圣上，将他迁置楼东。但恐采蘋巧计回天，皇上旧情未断，因此常自提防。唉，江采蘋，江采蘋，非是我容你不得，只怕我容了你，你就容不得我也！今早圣上出朝，日色已暮，不见回宫，连着永新、念奴打听去了。此时情绪，好难消遣也！

【仙吕入双调】【风云会四朝元】［四朝元头］烧残香串，深宫欲暮天。把文窗频启，翠箔高卷，眼儿几望穿。但常时此际，但常时此际，［会河阳］定早驾到西宫，执手齐肩。［四朝元］花映房栊，春生颜面，［驻云飞］百种耽欢恋。嗏，今夕

---

[1] 闲花：喻婚外情人。此处指梅妃。
[2] 意不相下：互相僵持不退让。

问何缘,［一江风］芳草黄昏,不见承回辇?(内作鹦哥叫"圣驾来也"介)(旦作惊看介)呀,圣上来了!(作看介)呸,原来是鹦哥弄巧言,把愁人故相骗。［四朝元尾］只落得徘徊伫立,思思想想画栏凭遍。

(老旦上)闻道君王前殿宿,内家各自撤红灯。(见介)启娘娘:万岁爷已宿在翠华西阁了。(旦呆介)有这等事!(泣介)

【前腔】君情何浅,不知人望悬!正晚妆慵卸,暗烛羞剪,待君来同笑言。向琼筵启处,向琼筵启处,醉月觞飞,梦雨床连。共命无分,同心不舛,怎蓦把人疏远!(老旦)万岁爷今夜偶不进宫,料非有意疏远,娘娘请勿伤怀!(旦)嗏,若不是情迁,便宿离宫,阿监何妨遣。我想圣上呵,从来未独眠,鸳衾厌孤展,怎得今宵枕畔,清清冷冷竟无人荐[1]!

(贴上)雪隐鹭鸶飞始见,柳藏鹦鹉语方知。(见介)娘娘,奴婢打听翠阁的事来了。(旦)怎么说?(贴)娘娘听启,奴婢方才呵,［月临江］悄向翠华西阁,守将时近黄昏,急闻密旨遣黄门。(旦)遣他何处去呢?(贴)飞鞭乘戏马,灭烛召红裙。(旦急问介)召那一个?(贴)贬置楼东怨女,梅亭旧日妃嫔。(旦惊介)呀,这是梅精了。他来也不曾?(贴)须臾簇拥那佳人,暗中归翠阁。(老旦问介)此话果真否?(贴)消息探来真。(旦)唉,天那,原来果是梅精复邀宠幸了。(做不语闷坐、掩泪介)(老

---

[1] 荐:原意为草席。此处作动词用,同寝。

旦、贴）娘娘请免愁烦。（旦）

【前腔】闻言惊颤，伤心痛怎言。（泪介）把从前密意，旧日恩眷，都付与泪花儿弹向天。记欢情始定，记欢情始定，愿似钗股成双，盒扇团圆。不道君心，霎时更变。总是奴当谴，嗏，也索把罪名宣。怎教冻蕊寒葩[1]，暗识东风[2]面。可知道身虽在这边，心终系别院。一味虚情假意，瞒瞒昧昧只欺奴善。

（贴）娘娘还不知道，奴婢听得小黄门说，昨日万岁爷在华萼楼上，私封珍珠一斛去赐他，他不肯受。回献一诗，有"长门自是无梳洗，何必珍珠慰寂寥"之句，所以致有今夜的事。（旦）哦，原来如此，我那里知道！

【前腔】他向楼东写怨，把珍珠暗里传。直恁的两情难割，不由我寸心如剪。也非咱心太褊，只笑君王见错；笑君王见错，把一个罪废残妆，认是金屋婵娟。可知我守拙鸾凰，斗不上争春莺燕！（老旦）万岁爷既不忘情于他，娘娘何不迎合上意，力劝召回。万岁爷必然欢喜，料他也不敢忘恩。（旦）唉，此语休提。他自会把红丝缠。嗏，何必我重牵。只怕没头兴[3]的媒人，反惹他憎贱。你二人随我到翠阁去来。（贴）娘娘去怎的？（旦）我到那里，看他如何逞

---

[1] 冻蕊寒葩：指梅花，此借指梅妃。

[2] 东风：暗喻唐明皇。

[3] 没头兴：倒霉。

媚妍，如何卖机变，取次把君情鼓动，颠颠倒倒暗中迷恋。

（贴）奴婢想今夜翠阁之事，原怕娘娘知道。此时夜将三鼓，万岁爷必已安寝。娘娘猝然走去，恐有未便。不如且请安眠，到明日再作理会。（旦作不语，掩泪叹介）唉，罢罢，只今夜教我如何得睡也！

【尾声】他欢娱只怕催银箭[1]，我这里寂寥深院，只索背着灯儿和衣将空被卷。

紫禁迢迢宫漏鸣，戴叔伦

碧天如水夜云生。温庭筠

泪痕不与君恩断，刘皂

斜倚薰笼坐到明。白居易

---

[1] 银箭：银质漏箭。

第十九出　絮阁

（丑上）自闭昭阳春复秋，罗衣湿尽泪还流。一种蛾眉明月夜，南宫歌舞北宫愁。咱家高力士，向年奉使闽粤，选得江妃进御，万岁爷十分宠幸。为他性爱梅花，赐号梅妃，宫中都称为梅娘娘。自从杨娘娘入侍之后，宠爱日夺，万岁爷竟将他迁置上阳宫东楼。昨夜忽然托疾，宿于翠华西阁，遣小黄门密召到来。戒饬[1]宫人，不得传与杨娘娘知道。命咱在阁前看守，不许闲人擅进。此时天色黎明，恐要送梅娘娘回去，只索在此伺候咱。（虚下）（旦行上）

北【黄钟】【醉花阴】一夜无眠乱愁搅，未拔白[2]潜踪来到。往常见红日影弄花梢，软哈哈春睡难消，犹自压绣衾倒。今日呵，可甚的凤枕急忙抛，单则为那筹儿[3]撇不掉。

（丑一面暗上望科）呀，远远来的，正是杨娘娘，莫非走漏了消息么？现今梅娘娘还在阁里，如何是好？（旦到科）（丑忙见科）奴婢高力士，叩见娘娘。（旦）万岁爷在那里？（丑）在阁中。

---

[1] 戒饬：告诫。

[2] 拔白：天刚亮。

[3] 那筹儿：那件事。

（旦）还有何人在内？（丑）没有。（旦冷笑科）你开了阁门，待我进去看者。（丑慌科）娘娘且请暂坐。（旦坐科）（丑）奴婢启上娘娘，万岁爷昨日呵，

南【画眉序】只为政勤劳，偶尔违和厌烦扰。（旦）既是圣体违和，怎生在此驻宿？（丑）爱清幽西阁，暂息昏朝。（旦）在里面做甚么？（丑）偃龙床静养神疲。（旦）你在此何事？（丑）守玉户不容人到。（旦怒科）高力士，你待不容我进去么？（丑慌叩头科）娘娘息怒，只因亲奉君王命，量奴婢敢行违拗！

（旦怒科）咦，

北【喜迁莺】休得把虚脾来掉[1]，嘴喳喳弄鬼妆幺[2]。（丑）奴婢怎敢？（旦）焦也波焦，急的咱满心越恼。我晓得你今日呵，别有个人儿挂眼梢，倚着他宠势高，明欺我失恩人时衰运倒。（起科）也罢，我只得自把门敲。

（丑）娘娘请坐，待奴婢叫开门来。（做高叫科）杨娘娘来了，开了阁门者。（旦坐科）（生披衣引内侍上，听科）

南【画眉序】何事语声高，蓦忽将人梦惊觉。（丑又叫科）杨娘娘在此，快些开门。（内侍）启万岁爷，杨娘娘到了。（生作呆科）呀，这春光漏泄怎地开交？（内侍）这门还是开也不开？（生）慢着。（背科）且教梅妃在夹幕中，暂躲片时罢。（急下）（内侍笑科）哎，万岁爷，万岁爷，笑黄金屋怎样藏娇，怕葡萄

---

[1] 虚脾来掉：虚脾，虚情假意。掉，摇晃，引申为耍弄人。

[2] 妆幺：装妖。

架霎时推倒[1]。（生上作伏桌科）内侍，我着床傍枕佯推睡，你索把兽环开了。

（内侍）领旨。（作开门科）（旦直入，见生科）妾闻陛下圣体违和，特来问安。（生）寡人偶然不快，未及进宫。何劳妃子清晨到此。（旦）陛下致疾之由，妾倒猜着几分了。（生笑科）妃子猜着何事来？（旦）

北【出队子】多则是相思萦绕，为着个意中人把心病挑。（生笑科）寡人除了妃子，还有甚意中人？（旦）妾想陛下向来钟爱，无过梅精。何不宣召他来，以慰圣情牵挂。（生惊科）呀，此女久置楼东，岂有复召之理！（旦）只怕悄东君偷泄小梅梢，单只待望着梅来把渴消。（生）寡人那有此意。（旦）既不沙[2]，怎得那一斛珍珠去慰寂寥！

（生）妃子休得多心。寡人昨夜呵，

南【滴溜子】偶只为微疴，暂思静悄。恁兰心蕙性，慢多度料，把人无端奚落。（作欠伸科）我神虚懒应酬，相逢话言少。请暂返香车，图个睡饱。

（旦作看科）呀，这御榻底下，不是一双凤舄[3]么？（生急起，作欲掩科）在那里？（怀中掉出翠钿科）（旦拾看科）呀，又是一朵翠钿！此皆妇人之物，陛下既然独寝，怎得有此？（生作羞科）

[1] 葡萄架霎时推倒：推倒葡萄架，有呷酸吃醋之意。
[2] 既不沙：否则。
[3] 凤舄：凤头鞋。

好奇怪！这是那里来的？连寡人也不解。（旦）陛下怎么不解？（丑作急态，一面背对内侍低科）呀，不好了，见了这翠钿、凤舄，杨娘娘必不干休。你每快送梅娘娘，悄从阁后破壁而出，回到楼东去罢。（内侍）晓得。（从生背后虚下）（旦）

北【刮地风】子这御榻森严宫禁遥，早难道有神女飞度中宵。则问这两般信物何人掉？（作将舄、钿掷地，丑暗拾科）（旦）昨夜谁侍陛下寝来？可怎生般凤友鸾交，到日三竿犹不临朝？外人不知呵，都只说殢君王是我这庸姿劣貌。那知道恋欢娱别有个雨窟云巢！请陛下早出视朝，妾在此候驾回宫者。（生）寡人今日有疾，不能视朝。（旦）虽则是蝶梦余，鸳浪中，春情颠倒，困迷离精神难打熬，怎负他凤墀前鹄立群僚！

（旦作向前背立科）（丑悄上与生耳语科）梅娘娘已去了，万岁爷请出朝罢。（生点头科）妃子劝寡人视朝，只索勉强出去。高力士，你在此送娘娘回宫者。（丑）领旨。（向内科）摆驾。（内应科）（生）风流惹下风流苦，不是风流总不知。（下）（旦坐科）高力士，你瞒着我做得好事！只问你这翠钿、凤舄，是那一个的？（丑）

南【滴滴金】告娘娘省可闲烦恼。奴婢看万岁爷与娘娘呵，百纵千随真是少。今日这翠钿、凤舄，莫说是梅亭旧日恩情好，就是六宫中新窈窕，娘娘呵，也只合佯装不晓，直恁破工夫多计较！不是奴婢擅敢多口，如今满朝臣宰，谁没有个大妻小妾，何况九重，容不得这宵！

北【四门子】（旦）呀，这非是衾裯不许他人抱，道的咱量似斗筲！只怪他明来夜去装圈套，故将人瞒的牢。（丑）万岁爷瞒着娘娘，也不过怕娘娘着恼，非有他意。（旦）把似怕我焦，则休将彼邀。却怎的劣云头[1]只思别岫[2]飘。将他假做抛，暗又招，转关儿[3]心肠难料。

（作掩泪坐科）（老旦上）清早起来，不见了娘娘，一定在这翠阁中，不免进去咱。（作进见旦科）呀，娘娘呵，

南【鲍老催】为何泪抛，无言独坐神暗消？（问丑科）高公公，是谁触着他情性娇？（丑低科）不要说起。（作暗出钿、舄与老旦看科）只为见了这两件东西，故此发恼。（老旦笑，低问科）如今那人呢？（丑）早已去了。（老旦）万岁爷呢？（丑）出去御朝了。永新姐，你来得甚好，可劝娘娘回宫去罢。（老旦）晓得了。（回向旦科）娘娘，你慢将眉黛颦，啼痕渗，芳心恼。晨餐未进过清早，怎自将千金玉体轻伤了？请回宫去寻欢笑。

（内）驾到。（旦起立科）（生上）媚处娇何限，情深妒亦真。且将个中意，慰取眼前人。寡人图得半夜欢娱，反受十分烦恼。欲待呵叱他一番，又恐他反道我偏爱梅妃，只索忍耐些罢。高力士，杨娘娘在那里？（丑）还在阁中。（老旦、丑暗下）（生作见旦，旦背立不语掩泣科）（生）呀，妃子，为何掩面不语？（旦

---

[1] 劣云头：喻唐明皇。

[2] 别岫：喻梅妃。

[3] 转关儿：弯弯绕。

不应科,生笑科)妃子休要烦恼,朕和你到华萼楼上看花去。(旦)

北【水仙子】问、问、问、问华萼娇,怕、怕、怕、怕不似楼东花更好。有、有、有、有梅枝儿曾占先春,又、又、又、又何用绿杨牵绕。(生)寡人一点真心,难道妃子还不晓得!(旦)请、请、请、请真心向故交,免、免、免、免人怨为妾情薄。(跪科)妾有下情,望陛下俯听。(生扶科)妃子有话,可起来说。(旦泣科)妾自知无状,谬窃宠恩。若不早自引退,诚恐谣诼日加,祸生不测。有累君德鲜终[1],益增罪戾。今幸天春犹存,望赐斥放。陛下善视他人,勿以妾为念也。(泣拜科)拜、拜、拜、拜辞了往日君恩天样高。(出钗、盒科)这钗、盒是陛下定情时所赐,今日将来交还陛下。把、把、把、把深情密意从头缴。(生)这是怎么说?(旦)省、省、省、省可自承旧赐福难消。

(旦悲咽,生扶起科)妃子何出此言,朕和你两人呵,

南【双声子】情双好,情双好,纵百岁犹嫌少。怎说到,怎说到,平白地分开了。总朕错,总朕错,请莫恼,请莫恼。(笑觑旦科)见了你这颦眉泪眼,越样生娇。

妃子可将钗、盒依旧收好。既是不耐看花,朕和你到西宫闲话去。(旦)陛下诚不弃妾,妾复何言。(袖钗、盒,福[2]生科)

---

[1]鲜终:无结果。

[2]福:行女性万福礼。

北【尾煞】领取钗盒再收好，度芙蓉帐暖今宵，重把那定情时心事表。

（生携旦并下）（丑复上）万岁爷同娘娘进宫去了。咱如今且把这翠钿、凤舄，送还梅娘娘去。

柳色参差映翠楼，司马札

君王玉辇正淹留。钱起

岂知妃后多娇妒，段成式

恼乱东风卒未休。罗隐

第二十出　侦报

（外引末扮中军，四杂执刀棍上）出守岩疆典巨城，风闻边事实堪惊。不知忧国心多少，白发新添四五茎。下官郭子仪，叨蒙圣恩，擢拜灵武太守。前在长安，见安禄山面有反相，知其包藏祸心。不想圣上命彼出镇范阳，分明纵虎归山。却又许易番将，一发添其牙爪。下官自天德军升任以来，日夜担忧。此间灵武，乃是股肱重地，防守宜严。已遣精细哨卒，前往范阳采听去了。且待他来，便知分晓。

【双调】【夜行船】（小生扮探子，执小红旗上）两脚似星驰和电捷，把边情打听些些。急离燕山，早来灵武。（作进见外，一足跪叩科）向黄堂爆雷般唱一声高喏。

（外）探子，你回来了么？（小生）我肩挑令字小旗红，昼夜奔驰疾似风。探得边关多少事，从头来报主人公。（外）分付掩门。（众掩门科，下）（外）探子，你探的安禄山军情怎地，兵势如何？近前来，细细说与我听者。（小生）爷爷听启，小哨一到了范阳镇上呵，

【乔木查】见枪刀似雪，密匝匝铁骑连营列。端的是号令如山把神鬼慑。那知有朝中天子尊，单逞他将军令阗

外阃嘻[1]。

（外）那禄山在边关，近日作何勾当？（小生）

【庆宣和】他自请那番将更来把那汉将撤，四下里牙爪排设。每日价跃马弯弓斗驰猎，把兵威耀也耀也。

（外）还有什么举动波？（小生）

【落梅风】他贼行藏真难料，歹心肠忒肆邪。诱诸番密相勾结，更私招四方亡命者，巢窟内尽藏凶孽。

（外惊科）呀，有这等事！难道朝廷之上，竟无人奏告么？（小生）闻得一月前，京中有人告称禄山反状，万岁爷暗遣中使，去到范阳，瞰其动静。那禄山见了中使呵，

【风入松】十分的小心礼貌假妆呆，尽金钱遍布盖奸邪。把一个中官哄骗的满心悦，来回奏把逆迹全遮。因此万岁爷愈信不疑，反把告叛的人，送到禄山军前治罪。一任他横行傲桀，有谁人敢再弄唇舌！

（外叹介）如此怎生是了也！（小生）前日杨丞相又上一本，说禄山叛迹昭然，请皇上亟加诛戮。那禄山见了此本呵，

【拨不断】也不免脚儿跌，口儿嗟，意儿中忐忑心儿里怯。不想圣旨倒说禄山诚实，丞相不必生疑。他一闻此信，便就呵呵大笑，骂这谗臣奈我耶，咬牙根誓将君侧权奸灭，怒轰轰急待把此仇来雪。

（外）呀，他要诛君侧之奸，非反而何？且住，杨相这

---

[1]"单逞"句：阃，城门门槛。哧嘻，很厉害。

本怎么不见邸抄[1]?(小生)此是密本，原不发抄。只因杨丞相要激禄山速反，特着塘报[2]抄送去的。(外怒科)唉，外有逆藩，内有奸相，好教人发指也!(小生)小哨还打听的禄山近有献马一事，更利害哩!

【离亭宴带歇拍煞】他本待逞豺狼魆地里[3]思抄窃[4]。巧借着献骅骝乘势去行强劫。(外)怎么献马？可明白说来者。(小生)他遣何千年赍表，奏称献马三千匹，每马一匹，有甲士二人，又有二人御马，一人刍牧，共三五一万五千人，护送入京。一路里兵强马劣，闹汹汹怎提防！乱纷纷难镇压，急攘攘谁拦截。生兵入帝畿，野马临城阙，怕不把长安来闹者!(外惊科)唉，罢了，此计若行，西京危矣。(小生)这本方才进去，尚未取旨。只是禄山呵，他明把至尊欺，狡将奸计使，险备机关设。马蹄儿纵不行，狼性子终难帖。逗的鼙鼓向渔阳动也，爷爷呵，莫待传白羽[5]始安排。小哨呵，准备闪红旗再报捷。

(外)知道了。赏你一坛酒，一腔羊，五十两花银，免一月打差。去罢。(小生叩头科)谢爷。(外)叫左右，开门。(众应上，作开门科)(小生下)(外)中军官。(末应介)(外)传令众军士，

---

[1] 邸抄：又称邸报，传抄诏、令、奏章等，以通报诸侯藩镇。

[2] 塘报：驿报。塘，古代的通信站。

[3] 魆地里：偷偷地。

[4] 抄窃：绕道袭击。

[5] 白羽：即羽檄，征调军队的文书。

明日教场操演，准备酒席犒赏。（末）领钧旨。（先下）

（外）数骑渔阳探使回，杜牧

威雄八阵役风雷。刘禹锡

胸中别有安边计，曹唐

军令分明数举杯。杜甫

第二十一出 窥浴

【仙吕入双调】【字字双】（丑扮宫女上）自小生来貌天然，花面；宫娥队里我为先，扫殿。忽逢小监在阶前，胡缠；伸手摸他裤儿边，不见。

我做宫娥第一，标致无人能及。腮边花粉糊涂，嘴上胭脂狼藉。秋波俏似铜铃，弓眉弯得笔直。春纤十个擂槌，玉体浑身糙漆。柳腰松段十围，莲瓣滩船半只。杨娘娘爱我伶俐，选做《霓裳》部色。只因喉咙太响，歌时嘴边起个霹雳。身子又太狼伉[1]，舞去冲翻了御筵桌席。皇帝见了发恼，打落子弟[2]名籍。登时发到骊山，派到温泉殿中承值。昨日銮舆临幸，同杨娘娘在华清驻跸[3]。传旨要来共浴汤池，只索打扫铺陈收拾。道犹未了，那边一个宫人来也。

【雁儿舞】（副净扮宫女上）担阁青春，后宫怨女，漫跌脚捶胸，有谁知苦。拚着一世没有丈夫，做一只孤飞雁儿舞。

（见介）（丑）姐姐，你说甚么《雁儿舞》！如今万岁爷，

---

[1] 狼伉：蠢笨。

[2] 子弟：教坊子弟，皇家艺人。

[3] 驻跸：天子出行的车驾。这里指驻扎。

有了杨娘娘的《霓裳》舞，连梅娘娘的《惊鸿》舞，也都不爱了。（副净）便是。我原是梅娘娘的宫人。只为我娘娘，自翠阁中忍气回来，一病而亡，如今将我拨到这里。（丑）原来如此，杨娘娘十分炉忌，我每再休想有承幸之日。（副净）罢了。（丑）万岁爷将次到来，我和你且到外厢伺候去。（虚下）

（末、小生扮内侍，引生、旦、老旦、贴随行上）

【羽调近词】【四季花】别殿景幽奇：看雕梁畔，珠帘外，雨卷云飞。逶迤，朱阑几曲环画溪，修廊数层接翠微。绕红墙，通玉扉。（末、小生）启万岁爷，到温泉殿了。（生）内侍回避。（末、小生应下）（生）妃子，你看清渠屈注，洄澜皱漪，香泉柔滑宜素肌。朕同妃子试浴去来。（老、贴与生、旦脱去大衣介）（生）妃子，只见你款解云衣，早现出珠辉玉丽，不由我对你爱你，扶你觑你怜你！

（生携旦同下）（老旦）念奴姐，你看万岁爷与娘娘怎般恩爱，真令人羡杀也。（贴）便是。（老旦）

【凤钗花络索】[金凤钗] 花朝拥，月夜偎，尝尽温柔滋味。[胜如花]（贴合）镇相连似影追形，分不开如刀划水。[醉扶归]千般捆纵[1]百般随，两人合一副肠和胃。[梧叶儿]密意口难提，写不迭鸳鸯帐，绸缪无尽期。（老旦）姐姐，我与你伏侍娘娘多年，虽睹娇容，未窥玉体。今日试从绮疏隙处，偷觑一觑何如？（贴）恰好，（同作向内窥介）[水红花]（合）悄偷窥，亭亭

---

[1] 捆纵：撒娇。

玉体，宛似浮波菡萏，含露弄娇辉。[浣溪纱]轻盈臂腕消香腻，绰约腰身漾碧漪。[望吾乡]（老旦）明霞骨，沁雪肌。[大胜乐]（贴）一痕酥透双蓓蕾，（老旦）半点春藏小麝脐。[傍妆台]（贴）爱杀红巾罅，私处露微微。永新姐，你看万岁爷呵，[解三酲]凝睛睇，[八声甘州]怎孜孜含笑浑似呆痴。[一封书]（合）休说俺偷眼宫娥魂欲化，则他个见惯的君王也不自持。[皂罗袍]（老旦）恨不把春泉翻竭，（贴）恨不把玉山洗颏，（老旦）不住的香肩呜嗫[1]，（贴）不住的纤腰抱围，[黄莺儿]（老旦）俺娘娘无言匿笑含情对。（贴）意怡怡，[月儿高]灵液春风，澹荡怳如醉。[排歌]（老旦）波光暖，日影晖，一双龙戏出平池。[桂枝香]（合）险把个襄王渴倒阳台下，恰便似神女携将暮雨归[2]。

（丑、副净暗上笑介）两位姐姐，看得高兴啊，也等我每看看。（老旦、贴）姐姐，我每伺候娘娘洗浴，有甚高兴。（丑、副净笑介）只怕不是伺候娘娘，还在那里偷看万岁爷哩。（老旦、贴）啐，休得胡说，万岁爷同娘娘出来也。（丑、副净暗下）（生同旦上）

【二犯掉角儿】[掉角儿]出温泉新凉透体，睹玉容愈增光丽。最堪怜残妆乱头，翠痕干晚云生腻[3]。（老旦、贴与生、旦穿衣介）（旦作娇软态，老旦、贴扶介）（生）妃子，看你似柳含风，花怯露。软难支，娇无力，倩人扶起。（二内侍引杂推小车上）请

---

[1] 呜嗫：亲吻。

[2] 险把个襄王渴倒阳台下，恰便似神女携将暮雨归：用襄王与巫山神女欢会典。

[3] 翠痕干晚云生腻：浴后头发未干，乌黑发亮。

万岁爷、娘娘上如意小车，回华清宫去。（生）将车儿后面随着。（二内侍）领旨。（生携旦行介）妃子，［排歌］朕和你肩相并，手共携，不须花底小车催，［东瓯令］趁扑面好风归。

【尾声】（合）意中人，人中意。则那些无情花鸟也情痴，一般的解结双头学并栖。

（生）花气浑如百和香，杜甫

（旦）避风新出浴盆汤。王建

（生）侍儿扶起娇无力，白居易

（旦）笑倚东窗白玉床。李白

第二十二出　密誓

【越调引子】【浪淘沙】（贴扮织女，引二仙女上）云护玉梭儿，巧织机丝。天宫原不着相思，报道今宵逢七夕，忽忆年时。

【鹊桥仙】纤云弄巧，飞星传信，银汉秋光暗度。金风玉露一相逢，便胜却人间无数。柔肠似水，佳期如梦，遥指鹊桥前路。两情若是久长时，又岂在朝朝暮暮。吾乃织女是也。蒙上帝玉敕，与牛郎结为天上夫妇。年年七夕，渡河相见。今乃下界天宝十载，七月七夕。你看明河无浪，乌鹊将填，不免暂撤机丝，整妆而待。（内细乐扮乌鹊上，绕场飞介）（前场设一桥，乌鹊飞止桥两边介）（二仙女）鹊桥已驾，请娘娘渡河。（贴起行介）

【越调过曲】【山桃红】［下山虎头］俺这里乍抛锦字，暂驾香辎[1]。（合）趁碧落无云滓，新凉暮飔[2]，（作上桥介）踹上这桥影参差，俯映着河光净沚[3]。［小桃红］更喜杀新月纤，华露

---

[1] 香辎：即香车。
[2] 暮飔：晚上的凉风。
[3] 净沚：清亮通透。

滋，低绕着乌鹊双飞翅也，[下山虎尾]陡觉的银汉秋生别样姿。（做过桥介）（二仙女）启娘娘，已渡过河来了。（贴）星河之下，隐隐望见香烟一簇，摇扬腾空，却是何处？（仙女）是唐天子的贵妃杨玉环，在宫中乞巧哩。（贴）生受他一片诚心，不免同了牛郎，到彼一看。（合）天上留佳会，年年在斯，却笑他人世情缘顷刻时。（齐下）

【商调过曲】【二郎神】（二内侍挑灯，引生上）秋光静，碧沉沉轻烟送螟。雨过梧桐微做冷，银河宛转，纤云点缀双星。（内作笑声，生听介）顺着风儿还细听，欢笑隔花阴树影。内侍，是那里这般笑语？（内侍问介）万岁爷问，那里这般笑语？（内）是杨娘娘到长生殿去乞巧哩。（内侍回介）杨娘娘到长生殿去乞巧，故此笑语。（生）内侍每不要传报，待朕悄悄前去。撤红灯，待悄向龙墀觑个分明。（虚下）

【前腔】[换头]（旦引老旦、贴同二宫女各捧香盒、纨扇、瓶花、化生金盆[1]上）宫庭，金炉篆霭，烛光掩映。米大蜘蛛厮抱定[2]，金盘种豆[3]，花枝招贴[4]银瓶。（老旦、贴）已到长生殿中，巧筵齐备，请娘娘拈香。（作将瓶花、化生盆设桌上，老旦捧香盒，旦拈

---

[1] 化生金盆：唐代风俗，七月初七，妇女用蜡塑婴儿浮水中以求子。

[2] 米大蜘蛛厮抱定：七月初七，把蜘蛛放小盒子里，次日晨若织网多，乞来的巧就多。

[3] 金盘种豆：把豆浸在盆内，待芽长三四寸时，用彩丝绕起来，称"种生"。

[4] 招贴：招展。

香介）妾身杨玉环，虔爇[1]心香，拜告双星，伏祈鉴祐。愿钗盒情缘长久订，（拜介）莫使做秋风扇冷。（生潜上窥介）觑娉婷，只见他拜倒在瑶阶暗祝声声。

（老旦、贴作见生介）呀，万岁爷到了。（旦急转，拜生介）（生扶起介）妃子在此，作何勾当？（旦）今乃七夕之期，陈设瓜果，特向天孙乞巧。（生笑介）妃子巧夺天工，何须更乞。（旦）惶愧。（生、旦各坐介）（老旦、贴同二宫女暗下）（生）妃子，朕想牵牛、织女隔断银河，一年才会得一度，这相思真非容易也。

【集贤宾】秋空夜永碧汉清，甫灵驾逢迎，奈天赐佳期刚半顷，耳边厢容易鸡鸣。云寒露冷，又趱[2]上经年孤另。（旦）陛下言及双星别恨，使妾凄然。只可惜人间不知天上的事。如打听，决为了相思成病。

（做泪介）（生）呀，妃子为何掉下泪来？（旦）妾想牛郎织女，虽则一年一见，却是地久天长。只恐陛下与妾的恩情，不能够似他长远。（生）妃子说那里话！

【黄莺儿】仙偶纵长生，论尘缘也不恁争[3]。百年好占风流胜，逢时对景，增欢助情，怪伊底事翻悲哽？（移坐近旦

---

[1] 爇：点燃。

[2] 趱：赶。

[3]"仙偶"二句：仙偶，指牛郎织女。尘缘，指自己和杨贵妃的爱情。不恁争，差不了多少。

低介）问双星，朝朝暮暮，争似我和卿！

（旦）臣妾受恩深重，今夜有句话儿……（住介）（生）妃子有话，但说不妨。（旦对生呜咽介）妾蒙陛下宠眷，六宫无比。只怕日久恩疏，不免白头之叹[1]！

【莺簇一金罗】［黄莺儿］提起便心疼，念寒微侍掖庭，更衣傍辇多荣幸。［簇御林］瞬息间，怕花老春无剩，［一封书］宠难凭。（牵生衣泣介）论恩情，［金凤钗］若得一个久长时死也应，若得一个到头时死也瞑。［皂罗袍］抵多少平阳歌舞，恩移爱更；长门孤寂，魂销泪零：断肠枉泣红颜命！

（生举袖与旦拭泪介）妃子，休要伤感。朕与你的恩情，岂是等闲可比。

【簇御林】休心虑，免泪零，怕移时，有变更。（执旦手介）做酥儿拌蜜胶粘定，总不离须臾顷。（合）话绵藤，花迷月暗，分不得影和形。

（旦）既蒙陛下如此情浓，趁此双星之下，乞赐盟约，以坚终始。（生）朕和你焚香设誓去。（携旦行介）

【琥珀猫儿坠】（合）香肩斜靠，携手下阶行。一片明河当殿横，（旦）罗衣陡觉夜凉生。（生）惟应，和你悄语低言，海誓山盟。

---

[1] 白头之叹：相传司马相如想娶妾，其妻卓文君写《白头吟》，叹夫妻爱情不能到白头。

（生上香揖同旦福介）双星在上，我李隆基与杨玉环，（旦合）情重恩深，愿世世生生，共为夫妇，永不相离。有渝[1]此盟，双星鉴之。（生又揖介）在天愿为比翼鸟，（旦拜介）在地愿为连理枝。（合）天长地久有时尽，此誓绵绵无绝期。（旦拜谢生介）深感陛下情重，今夕之盟，妾死生守之矣。（生携旦介）

【尾声】长生殿里盟私订。（旦）问今夜有谁折证[2]？（生指介）是这银汉桥边双双牛女星。（同下）

【越调过曲】【山桃红】（小生扮牵牛，云巾、仙衣，同贴引仙女上）只见他誓盟密矢[3]，拜祷孜孜，两下情无二，口同一辞。（小生）天孙，你看唐天子与杨玉环，好不恩爱也！悄相偎倚着香肩，没些缝儿。我与你既缔天上良缘，当作情场管领[4]。况他又向我等设盟，须索与他保护。见了他恋比翼，慕并枝，愿生生世世情真至也，合令他长作人间风月司[5]。（贴）只是他两人劫难将至，免不得生离死别。若果后来不背今盟，决当为之绾合[6]。（小生）天孙言之有理。你看夜色将阑，且回斗牛宫去。（携贴行介）（合）天上留佳会，年年在斯，却

---

[1] 渝：违。
[2] 折证：作证。
[3] 矢：起誓。
[4] 情场管领：掌管恋爱的神。
[5] 风月司：掌管恋爱的人。
[6] 绾合：结合。

笑他人世情缘顷刻时！

　　何用人间岁月催，_{罗邺}

　　星桥横过鹊飞回。_{李商隐}

　　莫言天上稀相见，_{李郢}

　　没得心情送巧来。_{罗隐}

第二十三出　陷关

【越调引子】【杏花天】（净领二番将，四军执旗上）狼贪虎视威风大，镇渔阳兵雄将多。待长驱直把殽函[1]破，奏凯日齐声唱歌。

咱家安禄山，自出镇以来，结连塞上诸蕃，招纳天下亡命，精兵百万，大事可举。只因唐天子待我不薄，思量等他身后方才起兵。叵耐[2]杨国忠那厮，屡次说我反形大著，请皇上急加诛戮。天子虽然不听，只是咱在边关，他在朝内，若不早图，终恐遭其暗算。因此假造敕书，说奉密旨，召俺领兵入朝诛戮国忠。乘机打破西京，夺取唐室江山，可不遂了我平生大愿！今乃黄道吉日，蕃将每，就此起兵前去。（众）得令。（发号行介）（净）

【越调过曲】【豹子令】只为奸臣酿大祸，（众）酿大祸，（净）致令边镇起干戈，（众）起干戈。（合）逢城攻打逢人剁，尸横遍野血流河，烧家劫舍抢娇娥。（喊杀下）

【水底鱼】（丑白须扮哥舒老将引二卒上）年纪无多，刚刚八十

---

[1] 殽函：殽山和函谷关的合称。

[2] 叵耐：怎奈。

过。渔阳兵至，认咱这老哥。自家老将哥舒翰是也，把守潼关。不料安禄山造反，杀奔前来，决意闭关死守。争奈监军内侍，立逼出战。势不由己，军士每，与我并力杀上前去。（卒）得令。（行介）（净领众杀上）（丑迎杀大战介）（净众擒丑绑介）（净）拿这老东西过来。我今饶你老命，快快献关降顺。（丑）事已至此，只得投降。（众推丑下）（净）且喜潼关已得，势如破竹，大小三军，就此杀奔西京便了。（众应，呐喊行介）跃马挥戈，精兵百万多。靴尖略动，踏残山与河，踏残山与河。

平旦交锋晚未休，王遒

动天金鼓逼神州。韩偓

潼关一败番儿喜，司空图

倒把金鞭上酒楼。薛逢

第二十四出　惊变

（丑上）玉楼[1]天半起笙歌[2]，风送宫嫔笑语和。月殿影开闻夜漏，水晶帘卷近秋河[3]。咱家高力士，奉万岁爷之命，着咱在御花园中安排小宴，要与贵妃娘娘同来游赏，只得在此伺候。（生、旦乘辇，老旦、贴随后，二内侍引，行上）

北【中吕】【粉蝶儿】天淡云闲，列长空数行新雁。御园中秋色斓斑：柳添黄，蘋减绿，红莲脱瓣。一抹雕阑，喷清香桂花初绽。

（到介）（丑）请万岁爷娘娘下辇。（生、旦下辇介）（丑同内侍暗下）（生）妃子，朕与你散步一回者。（旦）陛下请。（生携旦手介）（旦）

南【泣颜回】携手向花间，暂把幽怀同散。凉生亭下，风荷映水翩翩。爱桐阴静悄，碧沉沉并绕回廊看。恋香巢秋燕依人，睡银塘鸳鸯蘸眼[4]。

（生）高力士，将酒过来，朕与娘娘小饮数杯。（丑）宴已排在亭上，请万岁爷娘娘上宴。（旦作把盏，生止住介）妃子坐了。

---

[1] 玉楼：指宫殿。

[2] 天半：半空中。

[3] 秋河：银河。

[4] 蘸眼：耀眼。

北【石榴花】不劳你玉纤纤高捧礼仪烦，子待[1]借小饮对眉山[2]。俺与你浅斟低唱互更番，三杯两盏，遣兴消闲。妃子，今日虽是小宴，倒也清雅。回避了御厨中，回避了御厨中烹龙炰凤堆盘案，咿咿哑哑乐声催趱。只几味脆生生，只几味脆生生蔬和果清肴馔，雅称你仙肌玉骨美人餐。

妃子，朕与你清游小饮，那些梨园旧曲，都不耐烦听他。记得那年在沉香亭上赏牡丹，召翰林李白草《清平调》三章，令李龟年度成新谱，其词甚佳。不知妃子还记得么？（旦）妾还记得。（生）妃子可为朕歌之，朕当亲倚玉笛以和。（旦）领旨。（老旦进玉笛，生吹介）（旦按板介）

南【泣颜回】［换头］花繁，秾艳想容颜。云想衣裳光璨。新妆谁似，可怜飞燕娇懒。名花国色，笑微微常得君王看。向春风解释春愁，沉香亭同倚阑干。

（生）妙哉，李白锦心，妃子绣口，真双绝矣。宫娥，取巨觥来，朕与妃子对饮。（老旦、贴送酒介）（生）

北【斗鹌鹑】畅好是喜孜孜驻拍停歌，喜孜孜驻拍停歌，笑吟吟传杯送盏。妃子干一杯，（作照干介）不须他絮烦烦射覆藏钩[3]，闹纷纷弹丝弄板。（又作照杯介）妃子，再干一杯。（旦）妾不能饮了。（生）宫娥每，跪劝。（老旦、贴）领旨。（跪旦介）娘娘，请上这一杯。（旦勉饮介）（老旦、贴作连劝介）（生）我这里无

---

[1] 子待：只待。
[2] 眉山：用青黑色画过的眉毛。
[3] 射覆藏钩：猜测覆盖之物与藏在手中之物的猜物游戏。

语持觞仔细看，早子见花一朵上腮间。（旦作醉介）妾真醉矣。（生）一会价软哈哈柳嚲花欹，软哈哈柳嚲花欹，困腾腾莺娇燕懒。

妃子醉了，宫娥每，扶娘娘上辇进宫去者。（老旦、贴）领旨。（作扶旦起介）（旦作醉态呼介）万岁！（老旦、贴扶旦行）（旦作醉态介）

南【扑灯蛾】态恹恹轻云软四肢，影蒙蒙空花乱双眼，娇怯怯柳腰扶难起，困沉沉强抬娇腕，软设设金莲倒褪，乱松松香肩嚲云鬟，美甘甘思寻凤枕，步迟迟，倩宫娥搀入绣帏间。

（老旦、贴扶旦下）（丑同内侍暗上）（内击鼓介）（生惊介）何处鼓声骤发？（副净急上）渔阳鼙鼓动地来，惊破霓裳羽衣曲。（问丑介）万岁爷在那里？（丑）在御花园内。（副净）军情紧急，不免径入。（进见介）陛下，不好了。安禄山起兵造反，杀过潼关，不日就到长安了。（生大惊介）守关将士何在？（副净）哥舒翰兵败，已降贼了。（生）

北【上小楼】呀，你道失机的哥舒翰……称兵的安禄山，赤紧的离了渔阳，陷了东京，破了潼关。唬得人胆战心摇，唬得人胆战心摇，肠慌腹热，魂飞魄散，早惊破月明花粲。

卿有何策，可退贼兵？（副净）当日臣曾再三启奏，禄山必反，陛下不听，今日果应臣言。事起仓卒，怎生抵敌？不若权时幸蜀，以待天下勤王[1]。（生）依卿所奏。快传旨，

---

[1] 勤王：出兵救援皇帝。

诸王百官,即时随驾幸蜀便了。(副净)领旨。(急下)(生)高力士,快些整备军马。传旨令右龙武将军陈元礼,统领羽林军士三千,扈驾前行。(丑)领旨。(下)(内侍)请万岁爷回宫。(生转行叹介)咳,正尔欢娱,不想忽有此变,怎生是了也!

南【扑灯蛾】稳稳的宫庭宴安,扰扰的边廷造反。冬冬的鼙鼓喧,腾腾的烽火黫[1]。的溜扑碌臣民儿逃散,黑漫漫乾坤覆翻,碜磕磕社稷摧残,碜磕磕社稷摧残。当不得萧萧飒飒西风送晚,黯黯的,一轮落日冷长安。

(向内问介)宫娥每,杨娘娘可曾安寝?(老旦、贴内应介)已睡熟了。(生)不要惊他,且待明早五鼓同行。(泣介)天那,寡人不幸,遭此播迁,累他玉貌花容,驱驰道路。好不痛心也!

南【尾声】在深宫兀自娇慵惯,怎样支吾蜀道难!(哭介)我那妃子呵,愁杀你玉软花柔要将途路趱。

宫殿参差落照间,卢纶

渔阳烽火照函关。吴融

遏云声绝悲风起,胡曾

何处黄云是陇山。武元衡

---

[1] 黫:黑色。

第二十五出　埋玉

【南吕过曲】【金钱花】(末扮陈元礼引军士上)拥旄仗钺[1]前驱，前驱，羽林拥卫銮舆，銮舆。匆匆避贼就征途。人跋涉，路崎岖。知何日，到成都。

下官右龙武将军陈元礼是也。因禄山造反，破了潼关，圣上避兵幸蜀，命俺统领禁军扈驾。行了一程，早到马嵬驿了。(内鼓噪介)(末)众军为何呐喊？(内)禄山造反，圣驾播迁，都是杨国忠弄权，激成变乱。若不斩此贼臣，我等死不扈驾。(末)众军不必鼓噪，暂且安营。待我奏过圣上，自有定夺。(内应介)(末引军重唱"人跋涉"四句下)(生同旦骑马，引老旦、贴、丑行上)

【中吕过曲】【粉孩儿】匆匆的弃宫闱珠泪洒，叹清清冷冷半张銮驾，望成都直在天一涯。渐行来渐远京华，五六搭剩水残山，两三间空舍崩瓦。

(丑)来此已是马嵬驿了，请万岁爷暂住銮驾。(生、旦下马，作进坐介)(生)寡人不道，误宠逆臣，致此播迁，悔之无及。妃子，只是累你劳顿，如之奈何！(旦)臣妾自应随驾，焉敢辞劳。只愿早早破贼，大驾还都便好。(内又喊介)杨国忠专

---

[1]拥旄仗钺：旄，旗帜；钺，兵器。两者均象征帝王、将帅的权威。

权误国，今又交通吐蕃，我等誓不与此贼俱生。要杀杨国忠的，快随我等前去。（杂扮四军提刀赶副净上，绕场奔介）（军作杀副净，呐喊下）（生惊介）高力士，外面为何喧嚷？快宣陈元礼进来。（丑）领旨。（宣介）（末上见介）臣陈元礼见驾。（生）众军为何呐喊？（末）臣启陛下：杨国忠专权召乱，又与吐蕃私通。激怒六军，竟将国忠杀死了。（生作惊介）呀，有这等事。（旦作背掩泪介）（生沉吟介）这也罢了，传旨起驾。（末出传旨介）圣旨道来，赦汝等擅杀之罪。作速起行。（内又喊介）国忠虽诛，贵妃尚在。不杀贵妃，誓不扈驾。（末见生介）众军道，国忠虽诛，贵妃尚在，不肯起行。望陛下割恩正法。（生作大惊介）哎呀，这话如何说起！（旦慌牵生衣介）（生）将军，

【红芍药】国忠纵有罪当加，现如今已被劫杀。妃子在深宫自随驾，有何干六军疑讶。（末）圣谕极明，只是军心已变，如之奈何！（生）卿家，作速晓谕他，恁狂言没些高下。

（内又喊介）（末）陛下呵，听军中恁地喧哗，教微臣怎生弹压！

（旦哭介）陛下呵，

【耍孩儿】事出非常堪惊诧。已痛兄遭戮，奈臣妾又受波查[1]。是前生，事已定薄命应折罚。望吾皇急切抛奴罢，只一句伤心话……

（生）妃子且自消停。（内又喊介）不杀贵妃，死不扈驾。（末）臣启陛下：贵妃虽则无罪，国忠实其亲兄，今在陛下左右，

---

[1] 波查：波折。

军心不安。若军心安，则陛下安矣。愿乞三思。（生沉吟介）

【会河阳】无语沉吟，意如乱麻。（旦牵生衣哭介）痛生生怎地舍官家[1]！（合）可怜，一对鸳鸯，风吹浪打，直恁的遭强霸！（内又喊介）（旦哭介）众军，逼得我心惊唬，（生作呆想，忽抱旦哭介）贵妃，好教我难禁架[2]！

（众军呐喊上，绕场、围驿下）（丑）万岁爷，外厢军士已把驿亭围了。若再迟延，恐有他变，怎么处？（生）陈元礼，你快去安抚三军，朕自有道理！（末）领旨。（下）（生、旦抱哭介）（旦）

【缕缕金】魂飞颤，泪交加。（生）堂堂天子贵，不及莫愁家[3]。（合哭介）难道把恩和义，霎时抛下！（旦跪介）臣妾受皇上深恩，杀身难报。今事势危急，望赐自尽，以定军心。陛下得安稳至蜀，妾虽死犹生也。算将来无计解军哗，残生愿甘罢，残生愿甘罢！

（哭倒生怀介）（生）妃子说那里话！你若捐生，朕虽有九重之尊，四海之富，要他则甚！宁可国破家亡，决不肯抛舍你也！

【摊破地锦花】任谨哗[4]，我一谜妆聋哑，总是朕差。现放着一朵娇花，怎忍见风雨摧残，断送天涯。若是再禁加，

---

[1] 官家：皇帝。

[2] 禁架：招架。

[3] 堂堂天子贵，不及莫愁家：化自李商隐《马嵬》诗句："如何四纪为天子，不及卢家有莫愁。"

[4] 谨哗：喧哗。

拚代你陨黄沙。

（旦）陛下虽则恩深，但事已至此，无路求生。若再留恋，倘玉石俱焚，益增妾罪。望陛下舍妾之身，以保宗社。（丑作掩泪，跪介）娘娘既慷慨捐生，望万岁爷以社稷为重，勉强割恩罢。（内又喊介）（生顿足哭介）罢罢，妃子既执意如此，朕也做不得主了。高力士，只得但、但凭娘娘罢！（作哽咽、掩面哭下）（旦朝上拜介）万岁！（作哭倒介）（丑向内介）众军听着，万岁爷已有旨，赐杨娘娘自尽了。（众内呼介）万岁，万岁，万万岁！（丑扶旦起介）娘娘，请到后边去。（扶旦行介）（旦哭介）

【哭相思】百年离别在须臾，一代红颜为君尽！

（转作到介）（丑）这里有座佛堂在此。（旦作进介）且住，待我礼拜佛爷。（拜介）佛爷，佛爷！念杨玉环呵，

【越恁好】罪孽深重，罪孽深重，望我佛度脱咱。（丑拜介）愿娘娘好处生天。（旦起哭介）（丑跪哭介）娘娘，有甚话儿，分付奴婢几句。（旦）高力士，圣上春秋已高，我死之后，只有你是旧人，能体圣意，须索小心奉侍。再为我转奏圣上，今后休要念我了。（丑哭应介）奴婢晓得。（旦）高力士，我还有一言。（作除钗、出盒介）这金钗一对，钿盒一枚，是圣上定情所赐。你可将来与我殉葬，万万不可遗忘。（丑接钗、盒介）奴婢晓得。（旦哭介）断肠痛杀，说不尽恨如麻。（末领军拥上）杨妃既奉旨赐死，何得停留，稽迟圣驾。（军呐喊介）（丑向前拦介）众军士不得近前，杨娘娘即刻归天了。（旦）唉，陈元礼，陈元礼，你兵威不向逆寇加，逼奴自杀。（军又喊介）（丑）

不好了，军士每拥进来了。（旦看介）唉，罢、罢，这一株梨树，是我杨玉环结果之处了。（作腰间解出白练，拜介）臣妾杨玉环，叩谢圣恩。从今再不得相见了。（丑泣介）（旦作哭缢介）我那圣上啊，我一命儿便死在黄泉下，一灵儿只傍着黄旗下[1]。

（做缢死下）（末）杨妃已死，众军速退。（众应同下）（丑哭介）我那娘娘啊！（下）（生上）六军不发无奈何，宛转蛾眉马前死。（丑持白练上，见生介）启万岁爷，杨娘娘归天了。（生作呆不应介）（丑又启介）杨娘娘归天了。自缢的白练在此。（生看大哭介）哎哟，妃子，妃子，兀的不痛杀寡人也！（倒介）（丑扶介）（生哭介）

【红绣鞋】当年貌比桃花，桃花，（丑）今朝命绝梨花，梨花。（出钗、盒介）这金钗、钿盒，是娘娘分付殉葬的。（生看钗、盒哭介）这钗和盒，是祸根芽。长生殿，恁欢洽，马嵬驿，恁收煞！

（丑）仓卒之间，怎生整备棺椁？（生）也罢，权将锦褥包裹。须要埋好记明，以待日后改葬。这钗、盒就系娘娘衣上罢。（丑）领旨。（下）（生哭介）

【尾声】温香艳玉须臾化，今世今生怎见他！（末上跪介）请陛下起驾。（生顿足恨介）咳，我便不去西川也值甚么！（内呐喊、掌号，众军上）

【仙吕入双调过曲】【朝元令】（丑暗上，引生上马行介）（合）长空雾黏，旌斾寒风飐。长征路淹，队仗黄尘染。谁料君臣，

---

[1] 黄旗下：指皇帝的行踪。

共尝危险。恨贼寇横兴逆焰，烽火相兼，何时得将豺虎歼。遥望蜀山尖，回将凤阙瞻，浮云数点，咫尺把长安遮掩，长安遮掩。

　　翠华西拂蜀云飞，_{章碣}

　　天地尘昏九鼎危。_{吴融}

　　蝉鬓不随銮驾去，_{高骈}

　　空惊鸳鹭忽相随。_{钱起}

第二十六出　献饭

【黄钟引子】【西地锦】(生引丑上)懊恨蛾眉轻丧，一宵千种悲伤。早来慵把金鞭扬，午余玉粒[1]谁尝。

寡人匆匆西幸，昨在马嵬驿中，六军不发。无计可施，只得把妃子赐死。(泪介)咳，空做一朝天子，竟成千古忍人。勉强行了一程，已到扶风[2]地面。驻跸凤仪宫内，不免少息片时。(外扮老人持麦饭上)炙背可以见天子，献芹由来知野人[3]。老汉扶风野老郭从谨是也。闻知皇上西巡，暂驻凤仪宫内。老汉煮得一碗麦饭，特来进献，以表一点敬心。(见丑介)公公，烦乞转奏一声，说野人郭从谨特来进饭。(丑传介)(生)召他进来。(外进见介)草莽小臣郭从谨见驾。(生)你是那里人？(外)念小臣呵，

【黄钟过曲】【降黄龙】生长扶风，白首躬耕，共庆时康。听蓦然变起，凤辇游巡，无限惊惶。聊将，一盂麦饭，

---

[1] 玉粒：饭。
[2] 扶风：今属陕西宝鸡。
[3] 炙背可以见天子，献芹由来知野人：炙背，即晒太阳。野人，农民。典出自嵇康《与山巨源绝交书》："野人有快炙背与美芹子者，欲献之至尊。"农人认为，晒太阳与吃芹菜都是很惬意的事，应与皇帝分享。

匍匐向旗门[1]陈上。愿吾君不嫌粗粝，野人供养。

（生）生受你了，高力士取上来。（丑接饭送生介）（生看介）寡人晏处深宫，从不曾尝着此味。

【前腔】[换头]寻常，进御大官，馔玉炊金，食前方丈[2]，珍羞百味，犹兀自嫌他调和无当。（泪介）不想今日，却将此物充饥。凄凉，带麸连麦，这饭儿如何入嗓？（略吃便放介）抵多少滹沱河畔，失路萧王[3]！

（外）陛下，今日之祸，可知为谁而起？（生）你道为着谁来？（外）陛下若赦臣无罪，臣当冒死直言。（生）但说不妨。（外）只为那杨国忠呵，

【前腔】[换头]猖狂，倚恃国亲，纳贿招权，毒流天壤。他与安禄山十年构衅，一旦里兵戈起自渔阳。（生）国忠构衅，禄山谋反，寡人那里知道。（外）那禄山呵，包藏祸心日久，四海都知逆状。去年有人上书，告禄山逆迹，陛下反赐诛戮。谁肯再甘心铁钺[4]，来奏君王！

（生作恨介）此乃朕之不明，以致于此。

【前腔】[换头]斟量，明目达聪，原是为君的理当察访。朕记得姚崇、宋璟为相的时节，把直言数进，万里民情，

---

[1] 旗门：帝王出行时于居处前设旗帜。

[2] 食前方丈：美味佳肴排列占地一丈见方。

[3] 抵多少滹沱河畔，失路萧王：光武帝刘秀为萧王时，率部遇困于滹沱河边，部将冯异送豆粥给他充饥。

[4] 甘心铁钺：甘愿冒死。

如在同堂。不料姚、宋亡后，满朝臣宰，一味贪位取容[1]。郭从谨呵，倒不如伊行，草野怀忠，直指出逆藩奸相。（外）若不是陛下巡幸到此，小臣那里得见天颜。（生泪介）空教我噬脐无及[2]，恨塞饥肠。

（外）陛下暂息龙体，小臣告退。（叹介）从饶白发千茎雪，难把丹心一寸灰。（下）（副净扮使臣、二杂抬彩上）

【太平令】鸟道羊肠，春彩驮来驿路长。连山铃铎频摇响，看日近帝都旁。

自家成都道使臣，奉节度使之命，解送春彩十万匹到京。闻得驾幸扶风，不免就此进上。（向丑介）烦乞启奏一声，说成都使臣，贡春彩到此。（丑进奏介）（生）春彩照数收明，打发使臣回去。（二杂抬彩进介）（副净同二杂下）（生）高力士，可召集将士，朕有面谕。（丑）万岁爷宣召龙武军将士听旨。（众扮将士上）晓起听金鼓，宵眠抱玉鞍。龙武军将士叩见万岁爷。（生）将士每，听朕道来，

【前腔】变出非常，远避兵戈涉异方。劳伊仓卒随行仗，今日呵，别有个好商量。

（众）不知万岁爷有何谕旨？（生）

【黄龙衮】征人忆故乡，征人忆故乡，蜀道如天上。

---

[1] 取容：讨好人。

[2] 噬脐无及：自己咬不到自己的肚脐，喻后悔莫及。

不忍累伊每，把妻儿父母轻撇漾[1]。朕待独与子孙中官，慢慢的挨到蜀中。尔等今日，便可各自还家。省得跋涉程途，饥寒劳攘。高力士，可将使臣进来春彩，分给将士，以为盘费。没军资，分彩币，聊充饷。

（丑应分彩介）（众哭介）万岁爷圣谕及此，臣等寸心如割。自古养军千日，用在一朝。臣等呵，

【前腔】无能灭虎狼，无能灭虎狼，空愧熊罴将。生死愿从行，军声齐恃天威壮。这春彩，臣等断不敢受。请留待他时论功行赏，若有违心，皇天鉴，决不爽。

（生）尔等忠义虽深，朕心实有不忍，还是回去罢。（众）呀，万岁爷，莫不因贵妃娘娘之死，有些疑惑么？（生）非也，

【尾声】他长安父老多悬望，你每回去呵，烦说与翠华无恙。（众）万岁爷休出此言，臣等情愿随驾，誓无二心。（合）只待净扫妖氛一同返帝乡。

（生）天色已晚，今夜就此权驻，明日早行便了。（众）领旨。

万里飞沙咽鼓鼙，_{钱起}

（丑）沉沉落日向山低。_{骆宾王}

（生）如今悔恨将何益，_{韦庄}

（丑）更忍车轮独向西？_{周昙}

---

[1] 撇漾：抛弃。

第二十七出　冥追

南【商调过曲】【山坡五更】〔山坡羊〕（魂旦白练系颈上，服色照前"埋玉"折）恶嗾嗾[1]一场喽啰[2]，乱匆匆一生结果。荡悠悠一缕断魂，痛察察一条白练香喉锁。〔五更转〕风光尽，信誓捐，形骸浣。只有痴情一点一点无摧挫，拚向黄泉，牢牢担荷。

我杨玉环随驾西行，刚到马嵬驿内，不料六军变乱，立逼投缳。（泣介）唉，不知圣驾此时到那里了！我一灵渺渺，飞出驿中，不免望着尘头，追随前去。（行介）

北【双调】【新水令】望銮舆才离了马嵬坡，咫尺间不能飞过。俺悄魂轻似叶，他征骑疾如梭。刚打个磨陀[3]，翠旗尖又早被树烟锁。（虚下）

南【仙吕入双调】【步步娇】（生引丑、二内侍、四军拥行上）没揣倾城遭凶祸，去住浑无那[4]，行行唤奈何。马上回头，两泪交堕。（丑）启万岁爷，前面就是驻跸之处了。（生叹介）唉，

---

[1] 恶嗾嗾：恶狠狠。
[2] 喽啰：指哗变的军兵。
[3] 打个磨陀：兜个圈。
[4] 去住浑无那：去留没奈何。

我已厌一身多，伤心更说甚今宵卧。（齐下）

北【折桂令】（旦行上）一停停古道逶迤，俺只索虚趁云行，弱倩风驮。（向内望科）呀，好了，望见大驾，就在前面了也。这不是羽盖飘扬，鸾旌荡漾，翠辇嵯峨！不免疾忙赶上者。（急行科）愿一灵早依御座，便牢牵衮袖黄罗[1]。（内鸣锣作风起科）（旦作惊退科）呀，我望着銮舆，正待赶上，忽然黑风过处，遮断去路，影都不见了。好苦呵，暗蒙蒙烟障林阿[2]，杳沉沉雾塞山河。闪摇摇不住徘徊，悄冥冥怎样腾挪？

（贴在内叫苦介）（旦）你看那边愁云苦雾之中，有个鬼魂来了，且闪过一边。（虚下）（贴扮虢国夫人魂上）

南【江儿水】艳冶风前谢，繁华梦里过。风流谁识当初我？玉碎香残荒郊卧，云抛雨断重泉[3]堕。（二鬼卒上）哇，那里去？（贴）奴家虢国夫人。（鬼卒笑介）原来就是你。你生前也忒受用了，如今且随我到枉死城[4]中去。（贴哭介）哎哟，好苦呵，怨恨如山堆垛。只问你多大幽城[5]，怕着不下这愁魂一个！

（杂拉贴叫苦下）（旦急上看科）呀，方才这个是我裴家姊姊，也被乱兵所害了。兀的不痛杀人也！

---

[1] 衮袖黄罗：龙袍用黄罗制作，叫"衮"。

[2] 林阿：林木覆盖的山丘。

[3] 重泉：九泉。

[4] 枉死城：阴间枉死鬼居住之城。

[5] 幽城：阴间。

北【雁儿落带得胜令】想当日天边夺笑歌，今日里地下同零落。痛杀俺冤由一命招，更不想惨累全家祸。呀，空落得提起着泪滂沱，何处把恨消磨！怪不得四下愁云裹，都是俺千声怨气呵。（望科）那边又是一个鬼魂，满身鲜血，飞奔前来。好怕人也！悲么，泣孤魂独自无回和。惊么，只落得伴冥途野鬼多。（虚下）

南【侥侥令】（副净扮杨国忠鬼魂跑上）生前遭劫杀，死后见阎罗。（牛头执钢叉，夜叉执铁槌、索上，拦介）（副净跑下）（牛头、夜叉复赶上）杨国忠那里走！（副净）呀，我是当朝宰相，方才被乱兵所害。你每做甚又来拦我？（牛头）奸贼，俺奉阎王之命，特来拿你。还不快走。（副净）那里去？（牛头、夜叉）向小小酆都城[1]一座，教你去剑树与刀山寻快活。

（牛头拉副净，执叉叉背，夜叉锁副净下）（旦急上看科）呵呀，那不是我的哥哥。好可怜人也！（作悲科）

北【收江南】呀，早则是五更短梦瞥眼醒南柯。把荣华抛却只留得罪殃多。唉，想我哥哥如此，奴家岂能无罪？怕形消骨化忏不了旧情魔。且住，一望茫茫，前行无路，不如仍旧到马嵬驿中去罢。（转行科）待重转驿坡，心又早怯懦。听了这归林暮雀犹错认乱军诃。

（虚下）（副净扮土地上）地下常添枉死鬼，人间难觅返魂香。小神马嵬坡土地是也。奉东岳帝君之命，道贵妃杨玉环原

---

[1] 酆都城：阎罗王所居处。

系蓬莱仙子，今死在吾神界内，特命将他肉身保护，魂魄安顿，以候玉旨，不免寻他去来。（行介）

南【园林好】只他在翠红乡欢娱事过，粉香丛冤孽债多，一霎做电光石火。将肉质护泉窝，教魂魄守坟窠。（虚下）

北【沽美酒带太平令】（旦行上）度寒烟蔓草坡，行一步一延俄[1]。（看介）呀，这树上写的有字，待我看来。（作念科）贵妃杨娘娘葬此。（作悲科）原来把我就埋在此处了。唉，玉环，玉环！（泣科）只这冷土荒堆树半棵，便是娉婷袅娜，落来的好巢窝。我临死之时，曾分付高力士，将金钗、钿盒与我殉葬，不知曾埋下否？怕旧物向尘埃抛堕，则俺这真情肯为生死差讹？就是果然埋下呵，还只怕这残尸败蜕，抱不牢同心并朵。不免叫唤一声，（叫科）杨玉环，你的魂灵在此。我呵，悄临风叫他，唤他。（泣科）可知道伊原是我，呀，直恁地推眠妆卧！

（副净上唤科）兀那啼哭的，可是贵妃杨玉环鬼魂么？（旦）奴家正是。是何尊神？乞恕冒犯。（副净）吾神乃马嵬坡土地。（旦）望尊神与奴做主咱。（副净）贵妃听吾道来，你本是蓬莱仙子，因微过谪落凡尘。今虽是浮生限满，旧仙山隔断红云。（代旦解白练科）吾神奉岳帝敕旨，解冤结免汝沉沦。（旦福科）多谢尊神，只不知奴与皇上，还有相见之日么？（副净）此事非吾神所晓。（旦作悲科）（副净）贵妃，且在马嵬驿暂住幽魂。

---

[1] 延俄：徘徊。

吾神去也。（下）（旦）苦呵，不免到驿中佛堂里，暂且栖托则个。（行科）

南【尾声】重来绝命庭中过，看树底泪痕犹渍。怎能够飞去蓬山寻旧果！

土埋冤骨草离离，_{储嗣宗}

回首人间总祸机。_{薛能}

云雨马嵬分散后，_{韦绚}

何年何路得同归。_{韦庄}

第二十八出　骂贼

（外扮雷海青抱琵琶上）武将文官总旧僚，恨他反面事新朝。纲常留在梨园内，那惜伶工命一条。自家雷海青是也。蒙天宝皇帝隆恩，在梨园部内做一个供奉。不料禄山作乱，破了长安，皇帝驾幸西川去了。那满朝文武，平日里高官厚禄，荫子封妻，享荣华，受富贵，那一件不是朝廷恩典！如今却一个个贪生怕死，背义忘恩，争去投降不迭。只图安乐一时，那顾骂名千古。唉，岂不可羞，岂不可恨！我雷海青虽是一个乐工，那些没廉耻的勾当，委实做不出来。今日禄山与这一班逆党，大宴凝碧池头，传集梨园奏乐。俺不免乘此，到那厮跟前，痛骂一场，出了这口愤气。便粉骨碎身，也说不得了。且抱着琵琶，去走一遭也呵！

【仙吕】【村里迓鼓】虽则俺乐工卑滥，硁硁[1]愚暗，也不曾读书献策，登科及第，向鹓班[2]高站。只这血性中，胸脯内，倒有些忠肝义胆。今日个睹了丧亡，遭了危难，值了变惨，不由人痛切齿，声吞恨衔。

---

[1] 硁硁：固执。
[2] 鹓班：官员上朝时的行列。

【元和令】恨子恨泼腥羶糜将龙座淊[1]，癞虾蟆妄想天鹅啖，生克擦[2]直逼的个官家下殿走天南。你道恁胡行堪不堪？纵将他寝皮食肉也恨难剗[3]。谁想那一班儿没揝三[4]，歹心肠，贼狗男，

【上马娇】平日家张着口将忠孝谈，到临危翻着脸把富贵贪。早一齐儿摇尾受新衔，把一个君亲仇敌当作恩人感。咱，只问你蒙面可羞惭？

【胜葫芦】眼见的去做忠臣没个敢。雷海青呵，若不把一肩担，可不枉了戴发含牙[5]人是俺。但得纲常无缺，须眉[6]无愧，便九死也心甘。（下）

【中吕引子】【绕红楼】（净引二军士上）抢占山河号大燕[7]，袍染赭冠戴冲天。凝碧清秋，梨园小部，歌舞列琼筵。

孤家安禄山。自从范阳起兵，所向无敌。长驱西入，直抵长安。唐家皇帝，逃入蜀中去了，锦绣江山归吾掌握。（笑介）好不快活。今日聚集百官，在凝碧池上做个太平筵宴，洒乐一回。内侍每，众官可曾齐到？（杂）都在外殿伺候。（净）

---

[1] "恨子恨"句：腥羶，对入侵外敌的蔑称，此指安禄山。龙座，皇帝宝座。淊，淹。

[2] 生克擦：活生生。

[3] 剗：铲除。

[4] 没揝三：没头脑的，没气节的。

[5] 戴发含牙：指人。此特指堂堂正正、顶天立地的人。

[6] 须眉：男子汉。

[7] 号大燕：安禄山叛乱后自称大燕皇帝。

宣过来。（军）领旨。（宣介）主上宣百官进见。（四伪官上）今日新天子，当时旧宰臣。同为识时者，不是负恩人。（见介）臣等朝见。愿主上万岁，万万岁！（净）众卿平身。孤家今日政务稍闲，特设宴在凝碧池上，与卿等共乐太平。（四伪官）万岁。（军）筵宴完备，请主上升宴。（内奏乐，四伪官跪送酒介）（净）

【中吕过曲】【尾犯序】龙戏碧池边，正五色云开，秋气澄鲜。紫殿逍遥，暂停吾玉鞭。开宴，走绯衣鸾刀细割，揎锦袖犀盘满献。（四伪官献酒再拜介）瑶池下，熊罴鹓鹭[1]拜送酒如泉。

（净）内侍每，传旨唤梨园子弟奏乐。（军）领旨。（向内介）主上有旨，着梨园子弟奏乐。（内应，奏乐介）（军送净酒介）（合）

【前腔】[换头]当筵，众乐奏钧天。旧日霓裳，重按歌遍。半入云中，半吹落风前。希见，除却了清虚洞府，只有那沉香亭院。今日个，仙音法曲[2]不数大唐年。

（净）奏得好。（四伪官）臣想天宝皇帝，不知费了多少心力，教成此曲，今日却留与主上受用。真乃齐天之福也。（净笑介）众卿言之有理。再上酒来。（军送酒介）（外在内泣唱介）

【前腔】[换头]幽州鼙鼓喧，万户蓬蒿，四野烽烟。叶堕空宫，忽惊闻歌弦，奇变。真个是天翻地覆，真个是人愁鬼怨。（大哭介）我那天宝皇帝呵，金銮上，百官拜舞何日

---

[1]熊罴鹓鹭：文武百官。熊、罴，喻指武将。鹓、鹭，喻指文官。

[2]法曲：指《霓裳羽衣》曲。

再朝天^[1]？

（净）呀，什么人啼哭？好奇怪！（军）是乐工雷海青。（净）拿上来。（军拉外上，见介）（净）雷海青，孤家在此饮太平筵宴，你敢擅自啼哭，好生可恶！（外骂介）唉，安禄山，你本是失机边将，罪应斩首。幸蒙圣恩不杀，拜将封王。你不思报效朝廷，反敢称兵作乱，秽污神京，逼迁圣驾。这罪恶贯盈，指日天兵到来诛戮，还说什么太平筵宴！（净大怒介）唉，有这等事。孤家入登大位，臣下无不顺从。量你这一个乐工，怎敢如此无礼！军士看刀伺候。（二军作应，拔刀介）（外一面指净骂介）

【扑灯蛾】怪伊忒负恩，兽心假人面，怒发上冲冠。我虽是伶工微贱也，不似他朝臣腼腆。安禄山，你窃神器^[2]上逆皇天，少不得顷刻间尸横血溅。（将琵琶掷净介）我掷琵琶，将贼臣碎首报开元。

（军夺琵琶介）（净）快把这厮拿去砍了。（军应，拿外砍下）（净）好恼，好恼！（四伪官）主上息怒。无知乐工，何足介意。（净）孤家心上不快，众卿且退。（四伪官）领旨。臣等恭送主上回宫。（跪送介）（净）酒逢知己千钟少，话不投机半句多。（怒下）（四伪官起介）杀得好，杀得好。一个乐工，思量做起忠臣来，难道我每吃太平宴的，倒差了不成！

---

[1] 朝天：朝见天子。
[2] 神器：皇位。

【尾声】大家都是花花面[1]，一个忠臣值甚钱。（笑介）
雷海青，雷海青，毕竟你未戴乌纱识见浅！

三秦流血已成川，罗隐

为虏为王事偶然。李山甫

世上何人怜苦节，陆希声

直须行乐不言旋。薛稷

---

[1] 花花面：即"大花脸"，喻指反面人物。

第二十九出　闻铃

（丑内叫介）军士每趱行，前面伺候。（内鸣锣，应介）（丑）万岁爷，请上马。（生骑马，丑随行上）

【双调近词】【武陵花】万里巡行，多少悲凉途路情。看云山重叠处，似我乱愁交并。无边落木响秋声，长空孤雁添悲哽。寡人自离马嵬，饱尝辛苦。前日遣使臣赍奉玺册[1]，传位太子去了。行了一月，将近蜀中。且喜贼兵渐远，可以缓程而进。只是对此鸟啼花落，水绿山青，无非助朕悲怀。如何是好！（丑）万岁爷，途路风霜，十分劳顿。请自排遣，勿致过伤。（生）唉，高力士，朕与妃子，坐则并几，行则随肩。今日仓卒西巡，断送他这般结果，教寡人如何撇得下也！（泪介）提起伤心事，泪如倾。回望马嵬坡下，不觉恨填膺。（丑）前面就是栈道了，请万岁爷挽定丝缰，缓缓前进。（生）袅袅旗旌，背残日风摇影。匹马崎岖怎暂停，怎暂停！只见阴云黯淡天昏暝，哀猿断肠，子规叫血，好教人怕听。兀的不惨杀人也么哥，兀的不苦杀人也么哥！

---

[1] 赍奉玺册：赍，将物送人。玺，皇帝的印章。玺册，皇帝的诏书。

萧条恁生[1]，峨眉山下少人经，冷雨斜风扑面迎。

（丑）雨来了，请万岁爷暂登剑阁避雨。（生作下马，登阁坐介）（丑作向内介）军士每，且暂驻扎，雨驻再行。（内应介）（生）独自登临意转伤，蜀山蜀水恨茫茫。不知何处风吹雨，点点声声逆断肠。（内作铃响介）（生）你听那壁厢，不住的声响，聒的人好不耐烦。高力士，看是甚么东西？（丑）是树林中雨声，和着檐前铃铎[2]，随风而响。（生）呀，这铃声好不做美也！

【前腔】淅淅零零，一片凄然心暗惊。遥听隔山隔树，战合风雨高响低鸣。一点一滴又一声，一点一滴又一声，和愁人血泪交相迸。对这伤情处，转自忆荒茔[3]。白杨萧瑟雨纵横，此际孤魂凄冷。鬼火光寒草间湿乱萤。只悔仓皇负了卿，负了卿！我独在人间委实的不愿生。语娉婷，相将早晚伴幽冥。一恸空山寂，铃声相应，阁道峻嶒[4]，似我回肠恨怎平！

（丑）万岁爷且免愁烦。雨止了，请下阁去罢。（生作下阁、上马介，丑向内介）军士每，前面起驾。（众内应介）（丑随生行介）（生）

【尾声】迢迢前路愁难罄，招魂去国两关情。（合）望不尽雨后尖山万点青。

（生）剑阁连山千里色，骆宾王

---

[1] 恁生：这样。
[2] 铃铎：俗称"铁马"。
[3] 荒茔：马嵬坡杨贵妃暂葬处。
[4] 峻嶒：山高大的样子。

离人到此倍堪伤。罗邺

空劳翠辇冲泥雨，秦韬玉

一曲淋铃泪数行。杜牧

第三十出　情悔

【仙吕入双调】【普贤歌】（副净上）马嵬坡下太荒凉，土地公公也气不扬。祠庙倒了墙，没人烧炷香，福礼[1]三牲[2]谁祭享！

小神马嵬坡土地是也，向来香火颇盛。只因安禄山造反，本境人民尽皆逃散，弄得庙宇荒凉，香烟断绝。目今野鬼甚多，恐怕出来生事，且往四下里巡看一回。正是只因神倒运，常恐鬼胡行。（虚下）（魂旦上）

【双调引子】【捣练子】冤叠叠，恨层层，长眠泉下几时醒？魂断苍烟寒月里，随风窣窣度空庭。

一曲霓裳逐晓风，天香国色总成空。可怜只有心难死，脉脉常留恨不穷。奴家杨玉环鬼魂是也。自从马嵬被难，荷蒙岳帝传敕，得以栖魂驿舍，免堕冥司。（悲介）我想生前与皇上在西宫行乐，何等荣宠！今一旦红颜断送，白骨冤沉，冷驿荒垣，孤魂淹滞。你看月淡星寒，又早黄昏时分，好不凄惨也！

---

[1] 福礼：祭神的礼品。
[2] 三牲：指祭神的牛、羊、猪。

【过曲】【三仙桥】古驿无人夜静，趁微云，移月暝，潜潜趑趑[1]暂时偷现影。魆地间[2]，心耿耿，猛想起我旧丰标[3]教我一想一泪零。想、想当日那态娉婷，想、想当日那妆艳靓，端得是赛丹青描成画成。那晓得不留停，早则肌寒肉冷。（悲介）苦变做了鬼胡由[4]，谁认得是杨玉环的行径[5]！

（泪介）（袖出钗、盒介）这金钗、钿盒，乃皇上定情之物，已从墓中取得。不免向月下把玩一回。（副净潜上，指介）这是杨贵妃鬼魂，且听他说些甚么。（背立听介）（旦看钗、盒介）

【前腔】看了这金钗儿双头比并，更钿盒同心相映。只指望两情坚如金似钿，又怎知翻做断绠[6]。若早知为断绠，枉自去将他留下了这伤心把柄。记得盒底夜香清，钗边晓镜明，有多少欢承爱领。（悲介）但提起那恩情，怎教我重泉目瞑！（哭介）苦只为钗和盒，那夕的绸缪，翻成做杨玉环这些时的悲哽。

（副净背听，作点头介）（旦）咳，我杨玉环，生遭惨毒，死抱沉冤。或者能悔前愆，得有超拔之日，也未可知。且住，（悲

---

[1] 潜潜趑趑：躲躲闪闪。趑，同"躲"。

[2] 魆地间：暗地里。

[3] 丰标：风采。

[4] 鬼胡由：鬼魂。

[5] 行径：此处指模样。

[6] 断绠：喻夫妻间情缘断绝。绠，汲水用的绳子。

介）只想我在生所为，那一桩不是罪案。况且弟兄姊妹，挟势弄权，罪恶滔天，总皆由我，如何忏悔得尽！不免趁此星月之下，对天哀祷一番。（对天拜介）

【前腔】对星月发心至诚，拜天地低头细省。皇天，皇天！念杨玉环呵，重重罪孽折罚来遭祸横。今夜呵，忏愆尤[1]，陈罪眚[2]，望天天高鉴宥我垂证明。只有一点那痴情，爱河沉未醒。说到此悔不来惟天表证。纵冷骨不重生，拚向九泉待等。那土地说，我原是蓬莱仙子，谴谪人间。天呵，只是奴家恁般业[3]重，敢仍望做蓬莱座的仙班，只愿还杨玉环旧日的匹聘[4]！

（副净）贵妃，吾神在此。（旦）原来是土地尊神。（副净）

【越调过曲】【忆多娇】我趁月明，独夜行。见你拜祷深深仔细听，这一悔能教万孽清。管感动天庭，感动天庭，有日重圆旧盟。

（旦）多蒙尊神鉴悯。只怕奴家呵，

【前腔】业障萦，夙慧[5]轻。今夕徒然愧悔生，泉路茫茫隔上清[6]。（悲介）说起伤情，说起伤情，只落得千秋恨成。

---

[1] 愆尤：罪过。
[2] 眚：罪过。
[3] 业：业障。
[4] 匹聘：配偶，此指唐明皇。
[5] 夙慧：佛家语。指前世的善业。
[6] 上清：上天。道家说的三清（玉清、上清、太清）之一。

（副净）贵妃不必悲伤，我今给发路引[1]一纸。千里之内，任你魂游便了。（作付路引介）听我道来，

【斗黑麻】你本是蓬莱籍中有名，为堕落皇宫，痴魔顿增。欢娱过，痛苦经。虽谢尘缘，难返仙庭。喜今宵梦醒，教你逍遥择路行。莫恋迷途，莫恋迷途，早归旧程。

【前腔】（旦接路引谢介）深谢尊神与奴指明，怨鬼愁魂，敢望仙灵！（背介）今后呵，随风去，信路行[2]。荡荡悠悠，日隐宵征。依月傍星，重寻钗盒盟。还怕相逢，还怕相逢，两心痛增。

（副净）吾神去也。

（旦）晓风残月正潸然，韩琮

（副净）对影闻声已可怜。李商隐

（旦）昔日繁华今日恨，司空图

（副净）只应寻访是因缘。方干

---

[1] 路引：路条，通行证。

[2] 信路行：信步而行。

第三十一出　剿寇

【中吕引子】【菊花新】(外戎装，领四军上)谬承新命陟崇阶[1]，挂印催登上将台。惭愧出群才，敢自许安危全赖。

建牙[2]吹角不闻喧，三十登坛众所尊。家散万金酬士死，身留一剑答君恩。下官郭子仪，叨蒙圣恩，特拜朔方节度使，领兵讨贼。现今上皇[3]巡幸西川，今上[4]即位灵武。当此国家多事之秋，正我臣子建功之日。誓当扫清群寇，收复两京，再造唐家社稷，重睹汉官威仪，方不负平生志愿也。众将官，今乃黄道吉日，就此起兵前去。(众应，呐喊、发号启行介)(合)

【中吕过曲】【驮环着】拥鸾旟羽盖，蹴起尘埃。马挂征鞍，将披重铠，画戟雕弓耀彩。军令分明，争看取奋鹰扬[5]堂堂元帅。端的是孙吴[6]无赛，管净扫妖氛毒害。机谋

---

[1] "谬承"句：新命，新的任命。陟，登。崇阶，很高的官职。

[2] 建牙：此指被任命为节度使。牙，牙旗，军前大旗。

[3] 上皇：指唐明皇，肃宗即位后，唐明皇被尊为太上皇。

[4] 今上：指唐肃宗。

[5] 鹰扬：像鹰一样飞扬。形容威武。

[6] 孙吴：指春秋战国时著名军事家孙武和吴起。

运，阵势排。一战收京，万方宁泰。（齐下）

【前腔】（丑末扮番将、引军卒行上）倚兵强将勇，倚兵强将勇，一鼓前来。阵似推山，势如倒海，不断征云叆叆[1]。鬼哭神号，到处里染腥风杀人如芥。自家大燕皇帝麾下大将史思明、何千年是也。唐家立了新皇帝，遣郭子仪杀奔前来。奉令着我二人迎敌。（末）闻得郭子仪兵势颇盛，我等二人分作两队，待一人与他交战，一人横冲出来，必获大胜。（丑）言之有理。大小三军，就此分队杀上前去。（四杂应，做分行介）向两下分兵迎待，先一合拖刀佯败。磨旗惨，战鼓哀。奋勇先登，振威夺帅。

（末领众先下）（外领军上，与丑对战一合介）（丑）来将何名？（外）吾乃大唐朔方节度使郭。天兵到此，还不下马受缚，更待何时？（丑）不必多讲，放马过来。（战介，丑败介，走下）（末领卒上，截外战介）（外）来的贼将，快早投降。（末）郭子仪，你可赢得我么？（外）休得饶舌。（战介，丑复上混战介）（丑、末大败逃下）（外）且喜贼将大败而逃，此去长安不远，连夜杀奔前去便了。（众）得令。（行介）（合）

【添字红绣鞋】三军笑口齐开，齐开，旌旗满路争排，争排。拥大将，气雄哉。合图画上云台[2]。把军书忙裁，忙裁，捷奏报金阶，捷奏报金阶。

---

[1] 叆叆：浓云密布的样子。

[2] 合图画上云台：东汉明帝时，曾画二十八位将领图像于南宫云台。

【尾声】两都早慰云霓待，九庙重瞻日月开，复立皇
唐亿万载。

　　悲风杀气满山河，_{白居易}

　　师克由来在协和。_{胡曾}

　　行望凤京旋凯捷，_{贺朝}

　　千山明月静干戈。_{杜荀鹤}

第三十二出　哭像

（生上）蜀江水碧蜀山青，赢得朝朝暮暮情。但恨佳人难再得，岂知倾国与倾城。寡人自幸成都，传位太子，改称上皇。喜的郭子仪兵威大振，指日荡平。只念妃子为国捐躯，无可表白，特敕成都府建庙一座。又选高手匠人，将旃檀香雕成妃子生像。命高力士迎进宫来，待寡人亲自送入庙中供养。敢待到也。（叹科）咳，想起我妃子呵，

【正宫】【端正好】是寡人昧了他誓盟深，负了他恩情广，生拆开比翼鸳鸯。说甚么生生世世无抛漾，早不道半路里遭魔障。

【滚绣球】恨寇逼的慌，促驾起的忙。点三千羽林兵将，出延秋[1]便沸沸扬扬。甫伤心第一程到马嵬驿舍傍，猛地里爆雷般齐呐起一声的喊响，早子见铁桶似密围住四下里刀枪。恶噷噷单施逞着他领军元帅威能大，眼睁睁只逼拶[2]的俺失势官家气不长[3]，落可便手脚慌张。

---

[1] 延秋：延秋门，唐长安禁苑西门。

[2] 逼拶：逼迫。

[3] 气不长：不争气。

恨子恨陈元礼呵，

【叨叨令】不催他车儿马儿一谜家延延挨挨的望，硬执着言儿语儿一会里喧喧腾腾的谤，更排些戈儿戟儿一哄中重重叠叠的上，生逼个身儿命儿一霎时惊惊惶惶的丧。（哭科）兀的不痛杀人也么哥，兀的不痛杀人也么哥！闪的我形儿影儿这一个孤孤凄凄的样。

寡人如今好不悔恨也！

【脱布衫】羞杀咱掩面悲伤，救不得月貌花庞。是寡人全无主张，不合呵将他轻放。

【小梁州】我当时若肯将身去抵搪，未必他直犯君王；纵然犯了又何妨，泉台上，倒博得永成双。

【么篇】如今独自虽无恙，问余生有甚风光！只落得泪万行愁千状！（哭科）我那妃子呵，人间天上，此恨怎能偿！

（丑同二宫女、二内监捧香炉、花旛，引杂抬杨妃像，鼓乐行上）（丑见生科）启万岁爷，杨娘娘宝像迎到了。（生）快迎进来波。（丑）领旨。（出科）奉旨：宣杨娘娘像进。（宫女）领旨。（做抬像进，对生，宫女跪，扶像略俯科）杨娘娘见驾。（丑）平身。（宫女起科）（生起立对像哭科）我那妃子呵，

【上小楼】别离一向，忽看娇样。待与你叙我冤情，说我惊魂，话我愁肠……（近前叫科）妃子，妃子，怎不见你回笑庞，答应响，移身前傍。（细看像，大哭科）呀，原来是刻香檀做成的神像！

（丑）銮舆已备，请万岁爷上马，送娘娘入庙。（杂扮校尉,瓜、

旗、伞、扇，銮驾队子上）（生）高力士传旨，马儿在左，车儿在右，朕与娘娘并行者。（丑）领旨。（生上马，校尉抬像，排队引行科）（生）

【幺篇】谷碌碌凤车呵紧贴着行，衮亭亭龙鞭呵相对着扬。依旧的辇儿厮并，肩儿齐亚，影儿成双。情暗伤，心自想。想当时联镳[1]游赏，怎到头来刚做了恁般随倡[2]！

（到科）（丑）到庙中了，请万岁爷下马。（生下马科）内侍每，送娘娘进庙去者。（銮驾队子下）（内侍抬像，同宫女、丑随生进，生做入庙看科）

【满庭芳】我向这庙里抬头觑望，问何如西宫南苑，金屋辉光？那里有鸳帷绣幔芙蓉帐！空则见颤巍巍神幔高张，泥塑的宫娥两两，帛装的阿监双双。剪簇簇旛旌扬，招不得香魂再转，却与我摇曳吊心肠。

（生前坐科）（丑）吉时已届，候旨请娘娘升座。（生）宫人每，伏侍娘娘升座者。（宫女应科）领旨。（内细乐[3]，宫女扶像对生，如前略俯科）杨娘娘谢恩。（丑）平身。（生起立，内鼓乐，众扶像上座科）（生）

【快活三】俺只见宫娥每簇拥将，把团扇护新妆。犹错认定情初夜入兰房。（悲科）可怎生冷清清独坐在这彩画生绡帐！

（丑）启万岁爷，杨娘娘升座毕。（生）看香过来。（丑跪奉香，

---

[1] 联镳：并骑。镳，原指马衔。

[2] 随倡：夫唱妇随。

[3] 细乐：只用管弦乐器不用打击乐器演奏的音乐。

生拈香科）

【朝天子】蓊腾腾宝香，映荧荧烛光，猛逗着往事来心上。记当日长生殿里御炉傍，对牛女把深盟讲。又谁知信誓荒唐，存殁参商！空忆前盟不暂忘。今日呵，我在这厢，你在那厢，把着这断头香在手添凄怆。

高力士看酒过来，朕与娘娘亲奠一杯者。（丑奉酒科）初赐爵[1]。（生捧酒哭科）

【四边静】把杯来擎掌，怎能够檀口还从我手内尝。按不住凄惶，叫一声妃子也亲陈上。泪珠儿溶溶满觞，怕添不下半滴葡萄酿。

（丑接杯献座科）（生）我那妃子呵，

【耍孩儿】一杯望汝遥来享，痛煞煞古驿身亡。乱军中抔土便埋藏，并不曾溇[2]半碗凉浆。今日呵，恨不诛他肆逆三军众，祭汝含酸一国殇[3]。对着这云帏像，空落得仪容如往，越痛你魂魄飞扬。

（丑又奉酒科）亚赐爵。（生捧酒哭科）

【五煞】碧盈盈酒再陈，黑漫漫恨未央，天昏地暗人

---

[1] 初赐爵：祭第一杯酒。祭礼的仪式为初献爵、亚献爵、终献爵，斟三次酒（见下文）。

[2] 溇：倾倒。

[3] 国殇：为国牺牲。

痴望。今朝庙宇留西蜀，何日山陵改北邙[1]！（丑又接杯献座科）
（生哭科）寡人呵，与你同穴葬，做一株冢边连理，化一对墓
顶鸳鸯。

（丑又奉酒科）终赐爵。（生捧酒科）

【四煞】奠灵筵礼已终，诉衷情话正长。你娇波不动
可见我愁模样？只为我金钗钿盒情辜负，致使你白练黄泉
恨渺茫。（丑接杯献科）（生哭科）向此际捶胸想，好一似刀裁了
肺腑，火烙了肝肠。

（丑、宫女、内侍俱哭科）（生看像惊科）呀，高力士，你看娘娘
的脸上，兀的不流出泪来了。（丑同宫女看科）呀，神像之上，
果然满面泪痕。奇怪，奇怪！（生哭科）哎呀，我那妃子呵，

【三煞】只见他垂垂的湿满颐，汪汪的含在眶，纷纷
的点滴神台上。分明是牵衣请死愁容貌，回顾吞声惨面庞。
这伤心真无两，休说是泥人堕泪，便教那铁汉也肠荒！

（丑）万岁爷请免悲伤，待奴婢每叩见娘娘。（同宫女、内
侍哭拜科）（生）

【二煞】只见老常侍[2]双膝跪，旧宫娥伏地伤。叫不
出娘娘千岁一个个含悲向。（哭科）妃子呵，只为你当日在昭
阳殿里施恩遍，今日个锦水祠中遗爱长。悲风荡，肠断杀

---

[1] 山陵改北邙：山陵，帝王后妃墓。北邙，邙山，在洛阳，历代王公贵族
　　多葬于此。
[2] 常侍：太监。

数声杜宇，半壁斜阳。

（丑）请万岁爷与娘娘焚帛。（生）再看酒来。（丑奉酒焚帛，生酹酒[1]科）

【一煞】叠金银山百座，化幽冥帛万张。纸铜钱怎买得天仙降？空着我衣沾残泪鹃留怨，不能够魂逐飞灰蝶化双，蓦地里增悲怆。甚时见鸾骖碧汉[2]，鹤返辽阳[3]？

（丑）天色已晚，请万岁爷回宫。（生）宫娥，可将娘娘神帐放下者。（宫娥）领旨。（做下神幔，内暗抬像下科）（生）起驾。（丑应科）（生作上马，銮驾队子复上，引行科）（生）

【煞尾】出新祠泪未收，转行宫痛怎忘？对残霞落日空凝望！寡人今夜呵，把哭不尽的衷情，和你梦儿里再细讲。

数点香烟出庙门，曹邺

巫山云雨洛川神。权德舆

翠蛾仿佛平生貌，白居易

日暮偏伤去住人。封彦冲

---

[1] 酹酒：祭奠时洒酒在地。

[2] 鸾骖碧汉：典出自西王母乘鸾凤见汉武帝故事。鸾骖，乘鸾。碧汉，碧天。

[3] 鹤返辽阳：典出自《搜神后记》："丁令威，本辽东人，学道于灵虚山，后化鹤归辽。"

第三十三出　神诉

【仙吕入双调】【柳摇金】（贴引二仙女、二仙官队子行上）工成玉杼，机丝巧殊[1]。呈锦过天除[2]，摇佩还星渚，云中引凤舆。却望着银河一缕，碧落映空虚。俯视尘寰，山川米聚。吾乃天孙织女是也。织成天锦，进呈上帝。行路中间，只见一道怨气，直冲霄汉。不知下界是何地方？（叫介）仙官，（官应介）（贴）你看这非烟非雾，怨气模糊，试问下方何处？

（官应，作看介）启娘娘，下界是马嵬坡地方。（贴）分付暂驻云车，即宣马嵬坡土地来者。（官应，众拥贴高处坐介）（官向内唤介）马嵬坡土地何在？（副净应上）来也。

【越调】【斗鹌鹑】则俺在庙里安身，忽听得空中唤取。则他那天上宣差，有俺甚地头事务？（官唤科）土地快来。（副）他不住的唱叫扬疾[3]，唬的我慌忙急遽。只索把急张拘诸[4]的袍袖来拂，乞留屈碌的腰带来束。整顿了这破丢不

---

[1] 工成玉杼，机丝巧殊：工成、巧殊，形容织锦技术高超。

[2] 呈锦过天除：天除，天宫前的台阶。

[3] 唱叫扬疾：大吵大闹。

[4] 急张拘诸：形容十分慌张。

第三十四出　刺逆

　　（丑扮李猪儿太监帽、毡笠、箭衣上）小小身材短短衣，高檐能走壁能飞。怀中匕首无人见，一皱眉头起杀机。自家李猪儿便是，从小在安禄山帐下。见俺人材俊俏，性格聪明，就与儿子一般看待。一日禄山醉后，忽然现出猪首龙身，自道是个猪龙，必有天子之分。因此把俺名字，就顺口唤做猪儿。不想他如今果然做了皇帝，却宠爱着段夫人，要立他儿子庆恩为太子。眼见这顶平天冠，不要说俺李猪儿没福戴他，就是他长子大将军庆绪，也轮不到头上了。因此大将军心怀忿恨，与俺商量，要俺今夜入宫行刺。唉，安禄山，安禄山，你受了唐天子那样大恩，尚且兴兵反叛，休怪俺李猪儿今日反面无情也。（内打二更介）你听，谯楼已打二鼓，不免乘此夜静，沿着宫墙前去走一遭也呵。（行介）

　　【双调】【二犯江儿水】阴森夹道，行不尽阴森夹道，更深人静悄。（内作鸟声介）怕惊飞宿鸟，（内作犬吠介）犬吠哮哮，祸机儿包贮好。（内打更介）那边巡军来了，俺且闪在大树边，躲避一回。（躲介）（小生、末、中净、老旦扮四军，巡更上）百万军中人四个，九重门外月三更。（末）大哥每，你看那御河桥树枝，为何这般乱动？（老）莫不有甚奸细在内。（中净）这所在那得有奸细，想是柳树成精了。（小生）呸，你每不听得风起么？（众）不要管，一路巡去就是了。（绕场走下）（丑出行介）好唬人也。只见刁斗暗中敲，巡军过御桥。星影云飘，月影花摇，险些儿漏风声难自保。一路行来，此处已近后殿，不免跳过墙去。苑墙恁高，那怕他苑墙恁高，翻身一跳，（作跳过介）已被俺翻身一跳。（内作乐介）你听，恁般时候，还有笙歌之声。喜得宫中都是熟路，且自慢慢而去。等待他醉模糊把锦席[1]抛。

（虚下）（净作醉态，老旦、中净、二宫女扶侍，二杂扮内侍，提灯上）（净）孤家醉了，到便殿中安息去罢。（杂引净到介）（净坐介）（二杂先下）（净）宫娥，段夫人可曾回宫？（老旦、中净）回宫去了。（净）看茶来吃。（老旦、中净应下）（净作醒叹介）唉，孤家原不曾醉。只为打破长安之后，便想席卷中原。不料各路诸将，连被郭子仪杀得大败，心中好生着急。又因爱恋段夫人，酒色过度，不但弄得孤家身子疲软，连双目都不见了。因此今夜假妆酒醉，令他回宫，孤家自在便殿安寝，暂且将息一宵。（老旦、中净捧茶上）皇爷，茶在此。（净作饮介）（内打三更介）（中净）夜已三更，请皇爷安寝罢。（净）宫娥每，把殿门紧闭了。（老旦、中净应作闭门介）（净睡介）（老旦、中净坐地盹介）（净作惊介）为何今夜睡卧不宁，只管肉飞眼跳？（叫介）宫娥，宫娥！（中净惊醒介）想是皇爷独眠不惯，在那里唤人哩。姐姐你去。（老旦）姐姐，

---

[1] 锦席：宴席。

还是你去。(推，诨介)(净又叫介)宫娥，是什么人惊醒孤家？(老旦、中净)没有人。(净)传令外面军士，小心巡逻。(老旦、中净)领旨。(作开门出，向内传介)(内应介)(老旦、中净进，忘闭门，复坐地盹介)(净做睡不着介)又记起一事来，段夫人要孤家立他的儿子庆恩为太子，这事明日也要定了。(做睡着介)(丑潜上)俺李猪儿在黑影里，等了多时。才听得笙歌散后，段夫人回宫，说禄山醉了在便殿安息。是好机会也呵。(行介)

【前腔】潜身行到，悄不觉潜身行到。(内喊小心巡逻介)巡更的空闹吵，怎知俺宫闱暗绕，苑路斜抄，凑昏君沉醉倒。这里已是便殿了。且喜门儿半开在此，不免挨身而入。(进介)莫把兽环摇，(作听介)听鼾声殿角高。你看守宿的宫女，都是睡着。(作剔灯介)咱剔醒兰膏[1]，(揭帐介)揭起鲛绡[2]，(出刀介)管教他泼残生登时了。(净作梦语，丑惊，伏地，徐起细听介)梦中絮叨，原来是梦中絮叨。(内打四更介)残更频报，趁着这残更频报，赤紧的向心窝刺一刀。

(刺净急下)(净作大叫一声跌地，连跳作死介)(老旦、中净惊醒介)那里这般响动？(看介)阿呀，不好了！(向外叫介)外厢值宿军士快来。(四杂军上)为何大惊小怪？(老旦、中净)皇爷忽然梦中大叫，急起看时，只见鲜血满身，倒在地下。(四杂)有这等事！(作进看介)呀，原来被人刺中心窝而死。好奇怪，我每紧守外厢，

[1] 兰膏：泽兰炼成的油，有香气，可点灯。这里指油灯。
[2] 鲛绡：鲛绡帐子。

还有许多巡军拦路，这贼从那里进来？毕竟是你每做出来的。（老旦、中净）好胡说，你每在外厢护卫，放了贼进来。明日大将军查问，少不得一个个都是死。（军）难道你每就推得干净？（诨介）（杂扮将官上）凶音来紫殿[1]，令旨出青宫[2]。大将军有令：主上被唐朝郭子仪遣人刺死，即着军士抬往段夫人宫中收殓，候大将军即位发丧。（四杂）得令。（抬净尸，随杂下）（老旦、中净向内介）

　　鱼文匕首犯车茵，刘禹锡

　　当值巡更近五云。王建

　　胸陷锋芒脑涂地，陆龟蒙

　　已无踪迹在人群。赵嘏

---

[1] 紫殿：皇帝寝宫。

[2] 青宫：太子宫殿。

第三十五出　收京

【仙吕过曲】【甘州歌】[八声甘州]（外金盔、袍服，生、小生、净、末扮四将，各骑马，二卒执旗行上）宣威进讨，喜日明帝里，风静皇郊。欃枪[1]涤尽，看把乾坤重造。扬鞭漫将金镫敲，整顿中兴事正饶[2]。（外）下官郭子仪，奉命统兵讨贼。且喜禄山授首，庆绪奔逃，大小三军就此振旅进城去。（众应，行介）[排歌]收驰辔，近吊桥，只见长安父老拜前旄。欢声动，笑语高，卖将珠串奉香醪。

（到介）（众）启元帅，已进京城。请在龙虎卫衙门，权时驻扎。（外、众下马，作进，外正坐，四将傍坐介）（外）忆昔长安全盛时，（生、小生）今朝重到不胜悲。（净、末）漫挥满目河山泪，（外）始悟新丰壁上诗。（四将）请问元帅，什么新丰壁上诗？（外）诸将不知，本镇当年初到西京，偶见酒楼壁上，有术士李遐周题诗一首。（四将）题的是何诗句？（外）那诗上说："燕市人皆去，函关马不归。若逢山下鬼，环上系罗衣。"（四将）这却怎么解？（外）当时也详解不出。如今看来，却句句验了。

---

[1] 欃枪：彗星的别称。

[2] 饶：多。

（将）请道其详。（外）禄山统燕、蓟军马，入犯两京，可不是"燕市人皆去"么？后来哥舒兵败潼关，正是"函关马不归"了。（四将）是，果然不差。后面两句，却又何解？（外）"山下鬼"者，嵬字也。"环"乃贵妃之名，恰应马嵬赐死之事。（四将）原来如此，可见事皆前定。今仗元帅洪威，重收宫阙，真乃不世之勋也。（外叹介）唉，西京虽复，只是天子暂居灵武，上皇远狩成都；千官尚窜草莱，百姓未归田里。必先肃清宫禁，洒扫园陵，务使钟簴[1]不移，庙貌如故，上皇西返，大驾东回，才完得我郭子仪身上的事也。（四将打恭介）全仗元帅。只手重扶唐社稷，一肩独荷李乾坤。（外）说便这般说，这中兴事，大费安排。诸公何以教我？（四将）不敢。（外）

【商调过曲】【高阳台】九庙灰飞，诸陵尘暗，腥膻满目狼藉。久阙宫悬[2]，伤心血泪时滴。（合）今日，妖氛幸喜消尽也，索早自扫除修葺。（外）左营将官过来。（生）有。（外）你将这令箭一枝，前去星夜雇募人夫扫除陵寝，修葺宗庙，候圣驾回来致祭。（合）待春园，樱桃熟绽，荐陈时食[3]。

（外付令箭，生收介）领钧旨。（末）元帅在上，帝京初复，十室九空。为今要务，先当招集流移，使安故业。（外）言之然也。

---

[1] 钟簴：钟，宗庙里祭祀用的乐器。簴，悬挂编钟木架上的立柱。
[2] 久阙宫悬：朝廷礼乐制度长时间遭破坏。宫悬，皇宫里悬挂乐器的特定方式。
[3] 荐陈时食：以时新食品祭祖。

净解去锦褥，扶尸立介）（旦见作惊介）看原身宛然，看原身宛然，紧紧合双眸，无言闭檀口。（副净将水沃尸介）把金浆点透，把金浆点透，神光面浮，（尸作开眼介）（旦）秋波忽溜。

（尸作手足动，立起向旦走一二步介）（旦惊介）呀，

【前腔】果霎时再活，果霎时再活，向前移走，觑形模与我无妍丑。（作迟疑介）且住，这个杨玉环已活，我这杨玉环却归何处去？（尸作忽走向旦，旦作呆状，与尸对立介）（副净拍手高叫介）玉妃休迷，他就是你，你就是他。（指尸向旦介）这躯壳是伊，（指旦向尸介）这魂魄是伊，真性假骷髅，当前自分剖。

（尸逐旦绕场急奔一转，旦扑尸身作跌倒，尸隐下）（副净）看元神入彀[1]，看元神入彀，似灵胎再投，双环合凑。

【前腔】（旦作起，立定徐唱介）乍沉沉梦醒，乍沉沉梦醒，故吾[2]失久，形神忽地重圆就。猛回思惘然，猛回思惘然，现在自庄周，蝴蝶复何有。我杨玉环，不意今日冷骨重生，离魂再合。真谢天也。似亡家客游，似亡家客游，归来故丘，室庐[3]依旧。

土地请上，待吾拜谢。（副净）小神不敢。（旦拜，副净答拜介）（旦）

【前腔】谢经年护持，谢经年护持，保全枯朽，更断

---

[1] 元神入彀：灵魂进入躯壳。

[2] 故吾：原来的我。

[3] 室庐：喻躯体。

魂落魄蒙骈覆[1]。（副净）音乐、旛幢已备，候送玉妃归院。（旦欲行又止介）且住，我如今尸解去了，日后皇上回銮，毕竟要来改葬。须留下一物在此，做个记验才好。土地，你可将我裹身的锦褥，依旧埋在冢中，不可损坏。（副净）领仙旨。

（作取褥，褥作飞下介）（副净看介）呀，奇哉，奇哉！那锦褥化作一片彩云，竟自腾空飞去了。（旦看介）哦，是了。方才炼形之时，那锦褥也沾着金浆，故此得了仙气。化飞空彩云，化飞空彩云，也似学仙游，将何更留后？我想金钗、钿盒，是要随身紧守的，此外并无他物……（想介）哦，也罢，我胸前有锦香囊一个，乃翠盘试舞之时，皇上所赐，不免解来留下便了。（作解香囊看介）解香囊在手，解香囊在手，（悲介）他日君王见收，索强似人难重觏[2]。

（将香囊付副净介）土地，你可将此香囊，放在冢内。（副净接介）领仙旨。（虚下，即上）启娘娘，香囊已放下了。（杂扮四仙女，音乐、旛幢上）（见旦介）蓬莱山太真院中仙姬叩见。请娘娘更衣归院。（内作乐，旦作更仙衣介）（副净）小神候送。（旦）请回。（副下，仙女、旦行介）

【单调风云会】[一江风]指瀛洲，云气空蒙覆，金碧开群岫。[驻云飞]喥，仙家岁月悠，与情同久。情到真时，万

---

[1] 骈覆：庇护。
[2] 重觏：重遇。

（副净笑科）听这老翁说的杨娘娘标致，恁般活现，倒像是亲眼见的，敢则谎也。（净）只要唱得好听，管他谎不谎。那时皇帝怎么样看待他来，快唱下去者。（末弹唱科）

【四转】那君王看承得似明珠没两，镇日里高擎在掌。赛过那汉宫飞燕倚新妆，可正是玉楼中巢翡翠[1]，金殿上锁着鸳鸯，宵偎昼傍。直弄得个伶俐的官家颠不刺懵不刺撇不下心儿上。弛了朝纲，占了情场，百支支[2]写不了风流账。行厮并，坐厮当。双，赤紧的倚了御床，博得个月夜花朝同受享。

（净倒科）哎呀，好快活，听的咱似雪狮子向火哩。（丑扶科）怎么说？（净）化了。（众笑科）（小生）当日宫中有《霓裳羽衣》一曲，闻说出自御制，又说是贵妃娘娘所作。老丈可知其详？请唱与小生听咱。（末弹唱科）

【五转】当日呵，那娘娘在荷庭把宫商细按，谱新声将霓裳调翻。昼长时亲自教双鬟[3]。舒素手，拍香檀，一字字都吐自朱唇皓齿间。恰便似一串骊珠，声和韵闲，恰便似莺与燕弄关关，恰便似鸣泉花底流溪涧，恰便似明月下泠泠清梵，恰便似缑岭[4]上鹤唳高寒，恰便似步虚仙佩夜珊珊。传集了梨园部、教坊班，向翠盘中高簇拥着个娘娘，

---

[1]翡翠：翡翠鸟。
[2]百支支：话很多。
[3]双鬟：宫女。
[4]缑岭：缑氏山，在今河南偃师市。

引得那君王带笑看。

（小生）一派仙音，宛然在耳，好形容波。（外叹科）哎，只可惜当日天子宠爱了贵妃，朝欢暮乐，致使渔阳兵起。说起来令人痛心也！（小生）老丈，休只埋怨贵妃娘娘。当日只为误任边将，委政权奸，以致庙谟[1]颠倒，四海动摇。若使姚、宋犹存，那见得有此。（外）这也说的是波。（末）嗨，若说起渔阳兵起一事，真是天翻地覆，惨目伤心。列位不嫌絮烦，待老汉再慢慢弹唱出来者。（众）愿闻。（末弹唱科）

【六转】恰正好呕呕哑哑《霓裳》歌舞，不提防扑扑突突渔阳战鼓。划地里[2]出出律律纷纷攘攘奏边书，急得个上上下下都无措。早则是喧喧嗾嗾，惊惊遽遽，仓仓卒卒，挨挨拶拶[3]出延秋西路，銮舆后携着个娇娇滴滴贵妃同去。又只见密密匝匝的兵，恶恶狠狠的语，闹闹炒炒、轰轰骈骈四下喳呼，生逼散恩恩爱爱疼疼热热帝王夫妇。霎时间画就了这一幅惨惨凄凄绝代佳人绝命图。

（外、副净同叹科）（小生泪科）哎，天生丽质，遭此惨毒。真可怜也！（净笑科）这是说唱，老兄怎么认真掉下泪来！（丑）那贵妃娘娘死后，葬在何处？（末弹唱科）

【七转】破不剌马嵬驿舍，冷清清佛堂倒斜。一代红

---

[1] 庙谟：朝廷的谋划。

[2] 划地里：突然间。

[3] 挨挨拶拶：拥挤状。

颜为君绝，千秋遗恨滴罗巾血。半棵树是薄命碑碣，一抔土是断肠墓穴。再无人过荒凉野，莽天涯谁吊梨花谢！可怜那抱幽怨的孤魂，只伴着呜咽咽的望帝悲声啼夜月。

（外）长安兵火之后，不知光景如何？（末）哎呀，列位，好端端一座锦绣长安，自被禄山破陷，光景十分不堪了。听我再弹波。（弹唱科）

【八转】自銮舆西巡蜀道，长安内兵戈肆扰。千官无复紫宸朝，把繁华顿消，顿消。六宫中朱户挂蟏蛸[1]，御榻傍白日狐狸啸。叫鸱鸮也么哥，长蓬蒿也么哥。野鹿儿乱跑，苑柳宫花一半儿凋。有谁人去扫，去扫！玳瑁空梁燕泥儿抛，只留得缺月黄昏照。叹萧条也么哥，染腥臊也么哥！染腥臊，玉砌空堆马粪高。

（净）呸，听了半日，饿得慌了。大姐，咱和你喝烧刀子，吃蒜包儿去。（做腰边解钱与末，同丑诨下）（外）天色将晚，我每也去罢。（送银科）酒资在此。（末）多谢了。（外）无端唱出兴亡恨，（副净）引得傍人也泪流。（同外下）（小生）老丈，我听你这琵琶，非同凡手。得自何人传授？乞道其详。（末）

【九转】这琵琶曾供奉开元皇帝，重提起心伤泪滴。（小生）这等说起来，定是梨园部内人了。（末）我也曾在梨园籍上姓名题，亲向那沉香亭花里去承值，华清宫宴上去追随。（小生）莫不是贺老？（末）俺不是贺家的怀智。（小生）敢是黄

---

[1] 蟏蛸：一种脚很长的蜘蛛。

旛绰?（末）黄旛绰同咱皆老辈。（小生）这等想必是雷海青?
（末）我虽是弄琵琶却不姓雷。他呵，骂逆贼久已身死名垂。（小
生）这等，想必是马仙期了。（末）我也不是擅场方响马仙期，
那些旧相识都休话起。（小生）因何来到这里?（末）我只为家
亡国破兵戈沸，因此上孤身流落在江南地。（小生）毕竟老丈
是谁波?（末）您官人絮叨叨苦问俺为谁，则俺老伶工名唤做
龟年身姓李。

（小生揖科）呀，原来却是李教师。失瞻了。（末）官人尊
姓大名，为何知道老汉?（小生）小生姓李，名謩。（末）莫不
是吹铁笛的李官人么?（小生）然也。（末）幸会，幸会。（揖科）
（小生）请问老丈，那《霓裳》全谱可还记得波?（末）也还记
得，官人为何问他?（小生）不瞒老丈说，小生性好音律，向
客西京。老丈在朝元阁演习《霓裳》之时，小生曾傍着宫墙，
细细窃听，已将铁笛偷写数段。只是未得全谱，各处访求，
无有知者。今日幸遇老丈，不识肯赐教否?（末）既遇知音，
何惜末技。（小生）如此多感，请问尊寓何处?（末）穷途流落，
尚乏居停。（小生）屈到舍下暂住，细细请教何如?（末）如此
甚好。

【煞尾】俺一似惊乌绕树向空枝外，谁承望做旧燕寻
巢入画栋来。今日个知音喜遇知音在，这相逢，异哉! 恁
相投，快哉! 李官人呵，待我慢慢的传与你这一曲霓裳播
千载。

（末）桃蹊柳陌好经过，张籍

（小生）聊复回车访薜萝。白居易

（末）今日知音一留听，刘禹锡

（小生）江南无处不闻歌。顾况

第三十九出　私祭

【南吕引子】【小女冠子】（老旦、贴道扮同上）（老旦）旧时云髻抛宫样，（贴）依古观共焚香。（合）叹夜来风雨催花葬，洗心好细翻经藏。

（老旦）寂寂云房掩竹扃[1]，（贴）春泉漱玉响泠泠。（老旦）舞衣施尽余香在，（贴）日向花前学诵经。（老旦）吾乃天宝旧宫人永新是也。与念奴妹子，逃难出宫，直至金陵，在女贞观中做了女道士。且喜十分幽静，尽可修持。此间观主，昨自西京购请道藏回来。今日天气晴和，着我二人检晒经函。且索细细翻阅则个。（场上先设经桌，老旦、贴同作翻介）

【双调过曲】【孝南枝】[孝顺歌]金函启，玉案张，临风细翻春昼长。只见尘影弄晴光，灵花满空降。（老旦）想当日在宫中，听娘娘教白鹦哥念诵《心经》。若是早能学道，倒也免了马嵬之难。（贴）那热闹之时，那个肯想到此。（老旦）便是。昨日听得观主说，马嵬坡酒家拾得娘娘锦袜一只，还有游人出钱求看哩，何况生前！（合）枉了雪衣[2]提唱。是

---

[1] 云房：道士居住的地方。扃：从外面关门的闩、钩等，泛指门户。

[2] 雪衣：杨贵妃宠物白鹦鹉的名字。

色非空，谁观法相？〔琐南枝〕赢得锦袜香残，犹动行人想。（杂扮道姑捧茶上）玉经日下晒，香茗雨前烹。二位仙姑，检经困乏了。观主教我送茶在此。（老旦、贴）劳动了。（作饮茶介）（杂）呵呀，一片黑云起来，要下雨哩。（老旦、贴）快把经函收拾罢。（作收拾介）（杂）你看莺乱飞，草正芳，恰好应清明，雨漂荡。

（下）（场上收经桌介）（老旦）不是小道姑说起，倒忘了今日是清明佳节哩。此时家家扫墓，户户烧钱。妹子，我与你同受娘娘之恩，无从报答。就把一陌纸钱，一杯清茗，遥望长安哭奠一番，多少是好。（贴）姐姐，这是当得的，待我写个牌位儿供养。（作写位供介）（同拜哭介）娘娘呵，

【前腔】想着你恩难罄，恨怎忘，风流陡然没下场。那里是西子送吴亡，错冤做宗周为褒丧[1]。（贴）呀，庭下牡丹，雨中开了一朵。此花最是娘娘所爱，不免折来供在位前。（合）名花无恙，倾国佳人，先归黄壤。总有麦饭香醪，浇不到孤坟上。（哭叫介）我那娘娘嗄，只落得望断眸，叫断肠，泪如泉，哭声放！（暗下）

【锁南枝】（末行上）江南路，偶踏芳，花间雨过沾客裳。老汉李龟年，幸遇李謩官人，相留在家。今日清明佳节，出门闲步一回。却好撞着风雨。懊恨故国云迷，白首低难望。且喜一所道院在此，不免进去避雨片时。（作进介）松影闲，鹤唳长，且自暂徘徊，石坛上。

---

[1] 宗周为褒丧：传说周幽王宠爱妃子褒姒，因而亡国。

你看座列群真，经藏万卷，好不庄严也。(作看牌念介) 皇唐贵妃杨娘娘灵位。(哭介) 哎哟，杨娘娘，不想这里颠倒[1]有人供养！(拜介)

【前腔】[换头] 一朝把身丧，千秋抱恨长。(老旦、贴一面上) 那个啼哭？(作看惊介) 这人好似李师父的模样，怎生到此？(末) 恨杀六军跋扈，生逼得君后分离，奇变惊天壤。可怜小人李龟年，(老旦、贴) 原来果是李师父，(末) 不能够逢令节，奠一觞，没揣的过仙宫，拜灵爽。

(老旦、贴出见介) 李师父，弟子每稽首。(末) 姑姑是谁？(作惊认介) 呀，莫非永、念二娘子么？(老旦、贴) 正是。(各泪介) (末) 你两个几时到此？(老旦、贴) 师父请坐。我每去年逃难南来，出家在此。师父因何也到这里？(末) 我也因逃难，流落江南。前在鹫峰寺中，遇着李謩官人，承他款留到家，不想又遇你二人。(老旦、贴) 那个李謩官人？(末) 说起也奇。当日我与你每在朝元阁上演习《霓裳》，不想这李官人，就在宫墙外面窃听。把铁笛来偷记新声数段。如今要我传授全谱，故此相留。(老旦、贴悲介) 唉，《霓裳》一曲倒得流传，不想制谱之人已归地下，连我每演曲的也都流落他乡。好伤感人也。(各悲介) (老旦、贴)

【供玉枝】[五供养] 言之痛伤，记侍坐华清，同演《霓裳》。玉纤抄秘谱，檀口教新腔。[玉交枝] 他今日青青墓头新草长，

---

[1] 颠倒：反倒。

我飘飘陌路杨花荡。〔五供养〕（合）蓦地相逢处各沾裳，〔月上海棠〕白首红颜，对话兴亡。

（末）且喜天色晴霁，我告辞了。（老旦、贴）且自消停。请问师父，梨园旧人，都怎么样了？（末）贺老与我同行，途中病故；黄旛绰随驾去了；马仙期陷在城中，不知下落；只有雷海青骂贼而死。

【前腔】追思上皇，泽遍梨园，若个[1]能偿！（泣介）那雷老呵，他忠魂昭白日，羞杀我遗老泣斜阳。（老旦、贴）师父，可晓得秦、虢二夫人都被乱兵杀死了？（末）便是。朱门丽人都可伤，长安曲水谁游赏？（合）蓦地相逢处各沾裳。白首红颜，对话兴亡。

（老旦、贴）不知万岁爷，何日回銮？（末）李官人向在西京，近因郭元帅复了长安，兵戈宁息，方始得归。想上皇不日也就回銮了。（老旦、贴）如此，谢天地。（末）日晚途遥，就此去了。（老旦、贴）待与娘娘焚了纸钱，素斋少叙。

（末）南来今只一身存，韩愈

（老、贴）新换霓裳月色裙。王建

（末）人世几回伤往事，刘禹锡

（老、贴）落花时节又逢君。杜甫

---

[1] 若个：哪个。

第四十出　仙忆

【南吕引子】【挂真儿】（旦扮仙，老旦扮仙女随上）驾鹤骖鸾去不返，空回首天上人间。端正楼[1]头，长生殿里，往事关情无限。

【浣溪沙】缥缈云深锁玉房，初归仙籍意茫茫。回头未免费思量。忽见瑶阶琪树里，彩鸾栖处影双双。几番抛却又牵肠。我杨玉环，幸蒙玉旨，复位仙班，仍居蓬莱山太真院中。只是定情之物，身不暂离；七夕之盟，心难相负。提起来好不话长也！

【高平过曲】【九回肠】［解三酲］没奈何一时分散，那其间多少相关。死和生割不断情肠绊，空堆积恨如山。他那里思牵旧缘愁不了，俺这里泪滴残魂血未干，空嗟叹。［三学士］不成比目先遭难，拆鸳鸯说甚仙班。（出钗、盒看介）看了这金钗钿盒情犹在，早难道地久天长盟竟寒。［急三枪］何时得，青鸾便，把缘重续，人重会，两下诉愁烦！

（贴上）试上蓬莱山顶望，海波清浅鹤飞来。自家寒

---

[1] 端正楼：乐史传奇小说《杨太真外传》："华清宫有端正楼，即贵妃梳洗之所。"

簧[1]，奉月主娘娘之命，与太真玉妃索取《霓裳》新谱。来此已是，不免径入。（进见介）玉妃，稽首。（旦）仙子何来？（贴笑介）玉妃还认得我寒簧么？（旦想介）哦，莫非是月中仙子？（贴）然也。（旦）请坐了。（贴坐介）（旦）梦中一别，不觉数年。今日远临，乞道来意。（贴）玉妃听启，

【清商七犯】[簇御林]只为霓裳乐，在广寒，羡灵心，将谱细翻。特奉月主娘娘之命，[莺啼序]访知音远叩蓬山，借当年图谱亲看。（旦）原来为此。当日幸从梦里获听仙音，虽然摹入管弦，尚愧依稀错误。[高阳台]何烦，蟾宫谬把遗调拣，我寻思起转自潸潸。（泪介）（贴）呀，玉妃为何掉下泪来？（旦）[降黄龙]痛我历劫遭磨，宫冷商残。[二郎神]朱弦已断，羞将此调重弹。烦仙子转奏月主，说我尘凡旧谱，不堪应命。伏乞矜宥[2]。（贴）玉妃休得固拒，我月主娘娘呵，慕你聪明绝世罕，[集贤宾]度新声占断人间。求观恨晚，休辜负云中青盼。（旦）既蒙月主下访，前到仙山，偶然追忆，写出一本在此。（贴）如此甚好。（旦）侍儿，可去取来。（老应下，取上）谱在此。（旦接介）仙子，谱虽取到，只是还须眷写才好。（贴）为何？（旦）你看呵，[黄莺儿]字阑珊，模糊断续，都染就泪痕斑。

（贴）这却不妨。（旦付谱介）如此，即烦呈上月主，说梦

---

[1] 寒簧：仙女名。

[2] 矜宥：怜悯，宽恕。

中窃记，音节多讹，还求改正。（贴）领命，就此告别。

（贴）从初直到曲成时，王建

（旦）争得姮娥子细知。唐彦谦

（贴）莫怪殷勤悲此曲，刘禹锡

（旦）月中流艳与谁期。李商隐

（贴持谱下）（旦）侍儿，闭上洞门，随我进来。（老应随下）

第四十一出 见月

【仙吕入双调过曲】【双玉供】[玉胞肚]（杂扮四将、二内侍，引生骑马，丑随行上）（合）重华[1]迎待，促归程把回銮仗排。离南京不听鹃啼，怕西京尚有鸿哀。[五供养]喜山河未改，复睹这皇图风采。（众百姓上，跪接介）扶风百姓迎接老万岁爷。（生）生受你每，回去罢。（百姓叩头呼"万岁"下）（生众行介）[玉胞肚]纷纷父老竞拦街，叩首齐呼万岁来。

（丑）启万岁爷，天色已晚，请銮舆就在凤仪宫驻跸。（生下马介）众军士，外厢伺候。（军）领旨。（下）（生进介）高力士，此去马嵬，还有多少路？（丑）只有一百多里了。（生）前已传旨，令该地方官建造妃子新坟。你可星夜前往，催督工程，候朕到时改葬。（丑）领旨。暂辞凤仪去，先向马嵬行。（下）（内侍暗下）（生）西川出狩乍东归，驻跸离宫对夕晖。记得去年尝麦饭，一回追想一沾衣。寡人自幸蜀中，不觉一载有余。幸喜西京恢复，回到此间。你看离宫寥寂，暮景苍凉。好伤感人也！

【摊破金字令】黄昏近也，庭院凝微霭。清宵静也，

---

[1] 重华：虞舜名，后指帝王。这里指唐肃宗。

钟漏沉虚籁。一个愁人有谁瞅睬？已自难消难受，那堪墙外，又推将这轮明月来。寂寂照空阶，凄凄浸碧苔。独步增哀，双泪频揩，千思万量没布摆。

寡人对着这轮明月，想起妃子冷骨荒坟，愈觉伤心也！

【夜雨打梧桐】霜般白，雪样皑，照不到冷坟台。好伤怀，独向婵娟陪待。蓦地回思当日，与你偶尔离开，一时半刻也难打挨，何况是今朝，永隔幽明界。（泣介）我那妃子呵，当初与你钗、盒定情，岂料遂为殉葬之物。欢娱不再，只这盒钗，怎不向人间守，翻教地下埋？

（叹介）咳，妃子，妃子，想你生前音容如昨，教我怎生忘记也！

【摊破金字令】[换头]休说他娇嚬妍笑，风流不复偕，就是赪颜[1]微怒，泪眼慵抬，便千金何处买。纵别有佳人，一般姿态，怎似伊情投意解，恰可人怀。思量到此呆打孩[2]。我想妃子既殁，朕此一身虽生犹死，倘得死后重逢，可不强如独活。孤独愧形骸，余生死亦该。惟只愿速离尘埃，早赴泉台，和伊地中将连理栽。

记得当年七夕，与妃子同祝女牛，共成密誓，岂知今宵月下，单留朕一人在此也！

【夜雨打梧桐】长生殿，曾下阶，细语倚香腮。两情谐，

---

[1] 赪颜：脸红。
[2] 呆打孩：发呆。

愿结生生恩爱。谁想那夜双星同照，此夕孤月重来。时移境易人事改。月儿，月儿，我想密誓之时，你也一同听见的！记鹊桥河畔，也有你姮娥在，如何厮赖[1]！索应该，撺掇[2]他牛和女，完成咱盒共钗。

（内侍上）夜色已深，请万岁爷进宫安息。

（生）银河漾漾月辉辉，_{崔橹}

万乘凄凉蜀路归。_{崔道融}

香散艳消如一梦，_{王遒}

离魂渐逐杜鹃飞。_{韦庄}

---

[1] 厮赖：抵赖。

[2] 撺掇：怂恿。

第四十二出　驿备

【越调过曲】【梨花儿】(副净扮驿丞上) 我做驿丞没傗僙[1]，缺供应付常吃打。今朝驾到不是要，嗟，若有差迟便拿去杀。

自家马嵬驿丞，从小衙门办役。考了杂职行头[2]，挖选马嵬大驿。虽然陆路冲繁[3]，却喜津贴饶溢。送分例[4]，落下[5]些折头；造销算，开除[6]些马匹。日支正项俸薪，还要月扣衙门工食。怕的是公吏承差，吓的是徒犯驿卒。求买免[7]，设定常规；比[8]月钱，百般威逼。及至摆站缺人，常把屁都急出。今更有大事临头，太上皇来此驻跸。连忙唤各色匠人，将驿舍周围收拾。又因改葬贵妃娘娘，重把坟茔建立。恐土工窥见玉体，要另选女工四百。报道高公公

---

[1] 没傗僙：没出息。

[2] 行头：相当于"班头"。

[3] 冲繁：要冲、繁华之地。

[4] 分例：下属例行送上司的贿银。

[5] 落下：私自截留。

[6] 开除：此处是虚报之意。

[7] 求买免：交钱免除差役。

[8] 比：追征。

已到，催办工程紧急。若还误了些儿，（弹纱帽介）怕此头要短一尺。（末扮驿卒上）（见介）老爹，我已将各匠催齐，你放心，不须忧戚。（副净）还有女工呢？（末）现有四百女工，都在驿门齐集。（副净）快唤进来。（末唤介）女工每走动。（贴、净、杂扮村妇，丑短须女扮，各携锹锄上）本是村庄妇，来充埋筑人。（见介）女工每叩头。（末）起来点名。（副净点介）周二妈。（净应）（副净）吴姥姥。（贴应）（副净）郑胖姑。（杂应）（副净）尤大姐。（丑掩口作娇声应介）（副净作细看介）咦，怎么这个女工掩着了嘴答应，一定有些蹊跷。驿子与我看来。（末应扯丑手开看介）老爹，是个胡子。（副净）是男，是女？（丑）是女。（副净）女人的胡子，那里有生在嘴上的，我不信。驿子，再把他裤裆里搜一搜。（末应作搜丑，诨介）老爹，这胡子是假充女工的。（副净）哎呀，了不得，这是上用钦工，非同小可。亏得我老爹精细，若待皇帝看见，险些把我这颗头，断送在你胡子嘴上了。好打，好打。（丑）只因老爹这里催得紧，本村凑得三百九十九名，单单少了一名，故此权来充数。明日另换便了。（副净）也罢，快打出去。（末应，打丑下）（副净看众笑介）如今我老爹疑心起来，只怕连你每也不是女人哩。（众笑介）我每都是女人。（副净）口说无凭，我老爹只要用手来大家摸一摸，才信哩。（作捞摸，众作躲避走笑介）（净）笑你老爹好长手，（杂）刚刚摸着一个綮劂帚。（副净）弄了一手白鲞香，（贴）拿去房中好下酒。（诨介）（老旦一面上）欲将锦袜献天子，权把铧锹充女工。老身王嬷嬷，自从拾得杨娘娘锦袜，过客争求一看，赚了许多钱钞。目今闻说老万岁爷回来，一则收藏禁物，恐有祸端；二则将此锦袜献上，或有重赏，也未可知。恰好驿中金报女工，要去攒[1]上一名。葬完就好进献，来此已是驿前了。（末上见介）你这老婆子，那里来的？（老旦）来投充女工的。（末）住着。（进介）老爹，有一个投充女工的老婆子在外。（副净）唤进来。（末出，唤老旦进见介）（副净）你是投充女工的么？（老旦）正是。（副净）我看你年纪老了些，怕做不得工。只是现少一名，急切里没有人，就把你顶上罢。你叫甚名字？（老旦）叫做王嬷嬷。（副净）好，好！恰好周、吴、郑、王四人。你四人就做个工头，每一人管领女工九十九人。住在驿中操演，伺候驾到便了。（众）晓得。（做各见诨介）（副净）你每各拿了锹锄，待我老爹亲自教演一番。（众应各拿锹锄，副净作教演势，众学介）（副净）

【亭前柳】锹镢手中拿，挖掘要如法。莫教侵玉体，仔细拨黄沙。（合）大家，演习须熟滑，此奉钦遵，切休得有争差。

（众）老爹，我每呵，

【前腔】田舍业桑麻，惯见弄泥沙。小心齐用力，怎敢告消乏[2]。（合）大家，演习须熟滑，此奉钦遵，切休得有争差。

（副净）且到里边连夜操演去。（众应介）

---

[1] 攒：充。

[2] 告消乏：叫苦叫累。

玉颜虚掩马嵬尘，高骈

云雨虽亡日月新。郑畋

晓向平原陈祭礼，方干

共瞻銮驾重来巡。僧广宣

第四十三出　改葬

【商调引子】【忆秦娥】（生引二内侍上）伤心处，天旋日转回龙驭。回龙驭[1]，踟蹰到此，不能归去。

　　寡人自蜀回銮，痛伤妃子仓卒捐生，未成礼葬。特传旨另备珠襦玉匣[2]，改建坟茔，待朕亲临迁葬，因此驻跸马嵬驿中。（泪介）对着这佛堂梨树，好凄惨人也！

【商调过曲】【山坡羊】恨悠悠江山如故，痛生生游魂血污。冷清清佛堂半间，绿阴阴一本梨花树。空自吁，怕夜台人更苦。那里有佩环夜月归朱户，也慢想颜面春风识画图。（丑暗上）（见介）奴婢奉旨，筑造贵妃娘娘新坟，俱已齐备。请万岁爷亲临启墓。（生）传旨起驾。（丑）领旨。（传介）军士每，排驾。（杂扮军士上，引行介）马嵬坡下泥土中，不见玉容空死处。（到介）（丑）启万岁爷，这白杨树下，就是娘娘埋葬之处了。（生）你看蔓草春深，悲风日薄。妃子，妃子，兀的不痛杀寡人也。（哭介）号呼，叫声声魂在无？歆歔，哭哀哀泪渐枯。

---

[1] 回龙驭：皇帝返驾。
[2] 珠襦玉匣：帝王、后妃的葬服。

（老旦、杂、贴、净四女工带锄上）（老旦）老万岁爷来了。我每快些前去，伺候开坟。（丑）你每都是女工么？（众应介）（丑启生介）女工每到齐了。（生）传旨，军士回避。高力士，你去监督女工，小心开掘。（丑应传介）（军士下）（众女工作掘介）（众）

【水红花】向高冈一谜下锹锄，认当初，白杨一树。怕香销翠冷伴蚍蜉，粉肌枯，玉容难睹。（众惊介）掘下三尺，只有一个空穴，并不见娘娘玉体！早难道为云为雨，飞去影都无，但只有芳香四散袭人裾也啰。

（净）呀，是一个香囊。（丑）取来看。（净递囊，丑接看哭介）我那娘娘呵！你每且到那厢伺候去。（众应下）（丑启生介）启万岁爷，墓已启开，却是空穴。连裹身的锦褥和殉葬的金钗、钿盒都不见了。只有一个香囊在此。（生）有这等事！（接囊看，大哭介）呀，这香囊乃当日妃子生辰，在长生殿上试舞《霓裳》，赐与他的。我那妃子呵，你如今却在何处也！

【山坡羊】惨凄凄一匡空墓，杳冥冥玉人何去？便做虚飘飘锦褥儿化尘，怎那硬撑撑钗盒也无寻处。空剩取，香囊犹在土。寻思不解缘何故，恨不得唤起山神责问渠。（想介）高力士，你敢记差了么？（丑）奴婢当日，曾削杨树半边，题字为记。如何得差！（生）敢是被人发掘了？（丑）若经发掘，怎得留下香囊？（生呆想不语介）（丑）奴婢想来，自古神仙多有尸解之事。或者娘娘尸解仙去，也未可知。即如桥山陵寝[1]，止葬黄帝衣冠。这香囊原是娘娘临终所佩，将来葬入新坟之内，也是一般了。（生）说的有理。高力士，就将这香囊裹以珠襦，盛以玉匣，依礼安葬便了。（丑）领旨。（生哭介）号呼，叫声声魂在无？欷歔，哭哀哀泪渐枯。

（丑持囊出介）（作盛囊入匣介）香囊盛放停当，女工每那里？（众上）（丑）你每把这玉匣，放在墓中，快些封起坟来。（众作筑坟介）

【水红花】当时花貌与香躯，化虚无，一抔空墓；今朝玉匣与珠襦，费工夫，重泉深锢。更立新碑一统，细把泪痕书。从今流恨满山隅也啰。

（丑）坟已封完，每人赏钱一贯。去罢。（众谢赏，叩头介）（净、贴、杂先下）（丑问老旦介）你这婆子，为何不去？（老旦）禀上公公，老妇人旧年在马嵬坡下，拾得杨娘娘锦袜一只，带来献上老万岁爷。（丑）待我与你启奏。（见生介）启万岁爷，有个女工，说拾得杨娘娘锦袜一只，带来献上。（生）快宣过来。（丑唤老旦进见介）婢子叩见老万岁爷。（献袜介）（生）取上来。（丑取送生介）（老旦起介）（生看，哭介）呀，果然是妃子的锦袜，你看芳香未散，莲印犹存。我那妃子呵，（哭介）

【山坡羊】俊弯弯一钩重睹，暗蒙蒙余香犹度。袅亭亭记当年翠盘，瘦尖尖稳逐红鸳舞。还忆取，深宵残醉余，梦酣春透勾人觑。今日里空伴香囊留恨俱。（哭介）号呼，叫声声魂在无？欷歔，哭哀哀泪渐枯。

---

[1] 桥山陵寝：桥山，在陕西黄陵县西北，相传黄帝葬于此。

高力士，赐他金钱五千贯，就着在此看守贵妃坟墓。（老旦叩头介）多谢老万岁爷。（起出看锄介）无心再学持锄女，有钞甘为守墓人。（下）（外引四军上）见辟乾坤新定位，看题日月更高悬。（见介）臣朔方节度使郭子仪，钦奉上命，带领卤簿，恭迎太上皇圣驾。（生）卿荡平逆寇，收复神京，宗庙重新，乾坤再造，真不世之功也。（外）臣忝为大帅，破贼已迟。负罪不遑，何功之有！（生）卿说那里话来。高力士，分付起行。（丑）领旨。（传介）（生更吉服介）（众引生行介）

【水红花】五云芝盖簇銮舆，返皇都，旌旗溢路。黄童白叟共相扶，尽欢呼，天颜重睹。从此新丰行乐，少帝奉兴居。千秋万载巩皇图也啰。

肠断将军[1]改葬归，_{徐寅}

下山回马尚迟迟。_{杜牧}

经过此地千年恨，_{刘沧}

空有香囊和泪滋。_{郑嵎}

---

[1] 将军：这里指骠骑大将军太监高力士。

第四十四出　怂合

【南吕引子】【阮郎归】（小生上）碧梧天上叶初飞，秋风又报期。云中遥望鹊桥齐，隔河影半迷。

岂是仙家好别离，故教迢递作佳期。只缘碧落银河畔，好在金风玉露时。吾乃牵牛是也。今当下界上元二年七月七夕，天孙将次渡河，因此先在河边伺候。记得天宝十载，吾与天孙相会之时，见唐天子与贵妃杨玉环，在长生殿上拜祷设誓，愿世世为夫妇。岂料转眼之间，把玉环生生断送，好不可怜人也。

【南吕过曲】【香遍满】佳人绝世，千秋第一冤祸奇。把无限绸缪轻抛弃，可怜非得已。死生无见期，空留万种悲，枉罚下多情誓。

【朝天懒】［朝天子］（贴引杂扮二仙女上）好会年年天上期，不似尘缘浅，有变移。［水红花］见仙郎河畔独徘徊，把驾频催。（杂报介）天孙到。（小生迎介）天孙来了。（同织女对拜介）（合）［懒画眉］相逢一笑深深拜，隔岁离情各自知。

（小生）天孙，请同到斗牛宫去。（携贴行介）携手步云中，（贴）仙裙扬好风。（合）河明乌鹊渚，星聚斗牛宫。（到介）（杂暗下）（小生）天孙请坐。（坐介）

【二犯梧桐树】[金梧桐]琼花绕绣帷，霞锦摇珠佩。（贴合）斗府星宫，岁岁今宵会。[梧桐树]银河碧落神仙配，地久天长岂但朝朝暮暮期。[五更转]愿教他人世上夫妻辈，都似我和伊，永远成双作对。

（小生）天孙，

【浣溪沙】你且慢提，人间世，有一处怎偏忘记？（贴）忘了何处？（小生）可记得长生殿里人一对，曾向我焚香密誓齐？（贴）此李三郎与杨玉环之事也，我怎不记得。（小生）天孙既然记得，须念彼，堕万古伤心地，他愿世世生生，忍教中路分离。

（贴）提记玉环之事，委实可伤。我前因马嵬土地之奏，

【刘泼帽】念他独抱情无际，死和生守定不移，含冤流落幽冥地。因此呵，为他奏玉墀，令再证蓬莱位。

（小生笑介）天孙虽则如此，只是他呵，

【秋夜月】做玉妃，不过群仙队，寡鹄孤鸾白云内，何如并翼鸳鸯美。念盟言在彼，与圆成仗你。

（贴）仙郎，我岂不欲为他重续断缘。只是李三郎呵，

【东瓯令】他情轻断，誓先隳[1]，那玉环呵，一个钟情枉自痴。从来薄倖男儿辈，多负了佳人意。伯劳东去燕西飞，怎使做双栖！

（小生）天孙所言，李三郎自应知罪。但是当日马嵬之变呵，

---

[1] 隳：毁坏。

【金莲子】国事危，君王有令也反抗逼，怎救的，佳人命摧。想今日也不知，怎生般悔恨与伤悲。

（贴）仙郎恁般说，李三郎罪有可原。他若果有悔心，再为证完前誓便了。（二杂上）启娘娘，天鸡[1]将唱，请娘娘渡河。（贴）就此告辞。（小生）河边相送。（携手行介）

【尾声】没来由将他人情事闲评议，把这度良宵虚废。唉，李三郎、杨玉环，可知俺破一夜工夫都为着你！

云阶月地一相过，杜牧

争奈闲思往事何！白居易

一自仙娥归碧落，刘沧

千秋休恨马嵬坡。徐夤

---

[1] 天鸡：传说中天上的神鸡。

第四十五出　雨梦

【越调引子】【霜天晓角】(生上)愁深梦杳，白发添多少？最苦佳人逝早，伤独夜，恨闲宵。

不堪闲夜雨声频，一念重泉一怆神。挑尽灯花眠不得，凄凉南内[1]更何人？朕自幸蜀还京，退居南内，每日只是思想妃子。前在马嵬改葬，指望一睹遗容，不想变为空穴，只剩香囊一个。不知果然尸解，还是玉化香消？徒然展转寻思，怎得见他一面？今夜对着这一庭苦雨、半壁愁灯，好不凄凉人也！

【越调过曲】【小桃红】冷风掠雨战长宵，听点点都向那梧桐哨也。萧萧飒飒，一齐暗把乱愁敲，才住了又还飘。那堪是凤帏空，串烟销，人独坐，厮凑着孤灯照也，恨同听没个娇娆。(泪介)猛想着旧欢娱，止不住泪痕交。

(内打初更介)(小生内唱，生作听介)呀，何处歌声，凄凄入耳，得非梨园旧人乎？不免到帘前，凭阑一听。(作起立凭阑介)此张野狐之声也，且听他唱的是甚曲儿？(作一面听，一面欷歔掩泪介)(小生在场内立高处，唱介)

---

[1] 南内：因在大内以南，故名，唐玄宗居住的宫邸。

【下山虎】万山蜀道，古栈岩嶤[1]。急雨催林杪，铎铃乱敲。似怨如愁，碎聒不了。响应空山魂暗消。一声儿忽慢袅，一声儿忽紧摇。无限伤心事，被他逗挑，写入清商传恨遥。

（内二鼓介）（生悲介）呀，原来是朕所制《雨淋铃》之曲。记昔朕在栈道，雨中闻铃声相应，痛念妃子，因采其声，制成此曲。今夜闻之，想起蜀道悲凄，愈加肠断也。

【五韵美】听淋铃，伤怀抱。凄凉万种新旧绕，把愁人禁虐[2]得十分恼。天荒地老，这种恨谁人知道。你听窗外雨声越发大了。疏还密，低复高。才合眼，又几阵窗前把人梦搅。

（丑上）西宫南苑多秋草，夜雨梧桐落叶时。（见介）夜已深了，请万岁爷安寝罢。（内三鼓介）（生）呀，漏鼓三交，且自隐几[3]而卧。哎，今夜呵，知甚梦儿得到俺眼里来也！（仰哭介）

【哭相思】悠悠生死别经年，魂魄不曾来入梦。

（睡介）（丑）万岁爷睡了，咱家也去歇息儿咱。（虚下）（小生、副净扮二内侍带剑上）幽情消未得，入梦感君王。（向上跪介）万岁爷请醒来。（生作醒看介）你二人是那里来的？（小生、副净）奴婢奉杨娘娘之命，来请万岁爷。

---

[1] 岩嶤：山高状。此指栈道高危。

[2] 禁虐：搅扰。

[3] 隐几：倚着小桌。

【五般宜】只为当日个乱军中，祸殃惨遭，悄地向人丛里，换妆隐逃，因此上流落久蓬飘。（生惊喜介）呀，原来杨娘娘不曾死，如今却在那里？（小生、副净）为陛下朝想暮想，恨紫愁绕，因此把驿庭静扫，（叩头介）望銮舆幸早。说要把牛女会深盟，和君王续未了[1]。

（生泪介）朕为妃子百般思想，那晓得却在驿中。你二人快随朕前去，连夜迎回便了。（小生、副净）领旨。（引生行介）

【山麻秸】[换头]喜听说，如花貌，犹兀自现在人间，当面堪邀。忙教，潜出了御苑内夹城复道[2]，顾不得夜深人静，露凉风冷，月黑途遥。

（末上拦介）陛下久已安居南内，因何深夜微行，到那里去？（生惊介）

【蛮牌令】何处泼官僚，拦驾语哓哓？（末）臣乃陈元礼，陛下快请回宫。（生怒介）咄，陈元礼，你当日在马嵬驿中，暗激军士逼死贵妃，罪不容诛。今日又待来犯驾么？君臣全不顾，辄敢肆狂骁。（末）陛下若不回宫，只怕六军又将生变。（生）咄，陈元礼，你欺朕无权柄闲居退朝，只逞你有威风卒悍兵骄。法难恕，罪怎饶。叫内侍，快把这乱臣贼子，首级悬枭[3]。

---

[1] 续未了：继续未了的姻缘。

[2] 夹城复道：两高墙之间的通道。这里指唐明皇从西苑到南内、曲江筑有夹城。

[3] 悬枭：斩首后将头悬挂木杆上示众。

（小生、副净）领旨。（作拿末杀下，转介）启万岁爷已到驿前了。请万岁爷进去。（暗下）（生进介）

【黑麻令】只见没多半空寮[1]废寮，冷清清临着这荒郊远郊。内侍，娘娘在那里？（回顾介）呀，怎一个也不见了。单则听飒剌剌风摇树摇，啾唧唧四壁寒蛩，絮一片愁苗怨苗。（哭介）哎哟，我那妃子呵，叫不出花娇月娇，料多应形消影消。（内鸣锣，生惊介）呀，好奇怪，一霎时连驿亭也都不见，倒来到曲江池上了。好一片大水也。不提防断砌颓垣，翻做了惊涛沸涛。

（望介）你看大水中间，又涌出一个怪物。猪首龙身[2]，舞爪张牙，奔突而来。好怕人也！（内鸣锣，扮猪龙，项带铁索，跳上扑生，生惊奔，赶至原处睡介）（二金甲神执锤上，击猪龙喝介）哇，孽畜，好无礼！怎又逃出到此，惊犯圣驾，还不快去。（作牵猪龙，打下）（生作惊叫介）哎哟，唬杀我也。（丑急上，扶介）万岁爷，为何梦中大叫？（生作呆坐，定神介）高力士，外边什么响？（丑）是梧桐上的雨声？（内打四更介）（生）

【江神子】（别体）我只道谁惊残梦飘，原来是乱雨萧萧。恨杀他枕边不肯相饶，声声点点到寒梢，只待把泼梧桐锯倒。

高力士，朕方才梦见两个内侍，说杨娘娘在马嵬驿中来请朕去。多应芳魂未散。朕想昔时汉武帝思念李夫人，

---

[1] 寮：小屋。
[2] 猪首龙身：暗指安禄山。

有李少君为之召魂相见，今日岂无其人！你待天明，可即传旨，遍觅方士来与杨娘娘召魂。（丑）领旨。（内五鼓介）（生）

【尾声】纷纷泪点如珠掉，梧桐上雨声厮闹。只隔着一个窗儿直滴到晓。

半壁残灯闪闪明，<small>吴融</small>

雨中因想雨淋铃。<small>罗隐</small>

伤心一觉兴亡梦，<small>方壶居士</small>

直欲裁书问杳冥。<small>魏朴</small>

第四十六出　觅魂

（净扮道士，小生、贴扮道童，执幡引上）临邛道士鸿都客，能以精诚致魂魄。为感君王辗转思，便教遍处殷勤觅。贫道杨通幽是也。籍隶丹台[1]，名登紫篆[2]。呼风掣电，御气天门。摄鬼招魂，游神地府。只为太上皇帝思念杨妃，遍访异人召魂相见，俺因此应诏而来。太上皇十分欢喜，诏于东华门内，依科行法。已曾结就法坛，今晚登坛宣召。童儿，随我到坛上去来。（童捧剑、水同行科）（净）

【仙吕】【点绛唇】仔为他一点情缘，死生衔怨。思重见，凭着咱道力无边，特地把神通显。

（场上建高坛科）（小生、贴）已到坛了。（净）是好一座法坛也。

【混江龙】这坛本在虚空辟建，象涵太极法先天。无中有阴阳攒聚，有中无水火陶甄。（童）基址从何而立？（净）

---

[1] 丹台：道教的炼丹处。

[2] 紫篆：道教记录神仙、灵官姓名的秘籍。

基址呵，遣五丁[1]，差六甲[2]，运戊己[3]中央当下立。（童）用何工夫而成？（净）用工夫，养婴儿，调姹女[4]，配乙庚金木[5]刹那全。（童）坛上可有户牖？（净）户牖呵，对金鸡，朝玉兔[6]，坎离卯酉。（童）方向呢？（净）方向呵，镇黄庭，通紫极[7]，子午坤乾。（童）这坛可有多少大？（净）虽只是倚方隅，占基阶，坛场咫尺，却可也纳须弥[8]，藏世界，道里由延[9]。（童）原来包罗恁宽！（净）上包着一周天三百六十躔度，内星辰日月。（童）想那分统处量也不小。（净）中分统四大洲[10]，亿万百千阎浮界[11]岳渎山川。（童）坛上谁听号令？（净）听号令，则那些无稽滞，司风司火，司雷司电。（童）谁供驱遣？（净）供驱遣，无非这有职掌，值时值日，值月值年。（童）绕坛

---

[1] 五丁：神话传说中古蜀国的五位力士。

[2] 六甲：道教神名。

[3] 戊己：五行中"土"的代称。古以十干配五方，戊、己属中央，与五行相配，戊属土。

[4] 养婴儿，调姹女：婴儿、姹女都是道家用语，可用来指丹汞。婴儿，指人的心血。姹女，指水银。

[5] 乙庚金木：乙、庚，属天干。金、木，属五行。

[6] 对金鸡，朝玉兔：金鸡，指日。玉兔，指月。

[7] 镇黄庭，通紫极：黄庭，中央。紫极，天宫。

[8] 须弥：即须弥山。相传人类生活的世界中心是一座大山，叫须弥山。日月环绕此山回旋出没，三界诸天也依之层层建立。

[9] 由延：即由旬。古印度的长度单位。

[10] 四大洲：佛教指须弥山四方的四大洲——东胜神洲、南赡部洲、西牛贺洲、北俱芦洲。

[11] 阎浮界：三千大千世界。泛指人世间。

有何景象？（净）半空中绕噰噰鸾吟凤啸，两壁厢列森森虎伏龙眠。端的是一尘不染，众妄都蠲。（童）若非吾师无边道力，安能建此无上法坛。（净）这全托赖着大唐朝君王分福，敢夸俺小鸿都道力精虔。（童）请吾师上坛去者。（内细乐，二童引净上坛科）（净）趁天风，随仙乐，双引着鸾旌高步斗。（内钟鼓科）（净）响金钟，鸣法鼓，恭擎象简回朝元。（童献香科）请吾师拈香。（净拈香科）这香呵，不数他西天竺旃檀林青狮窟根蟠鸑鷟[1]，东洋海波斯国瑞龙脑形似蚕蝉。结祥云，腾宝雾，直冲霄汉；透清微，萦碧落，普供真玄。第一炷，祝当今皇帝、享无疆圣寿，保洪图社稷，巩国祚延绵。第二炷，愿疆场静，烽燧销，普天下各道、各州、各境里，民安盗息无征战；禾黍登，蚕桑茂，百姓每若老、若幼、若壮者，家封户给乐田园。第三炷，单只为死生分，情不灭，待凭这香头一点，温热了夜台魂；幽明隔，情难了，思倩此香烟百转，吹现出春风面。（童献花介）散花。（净散花科）这花呵，不学他老瞿昙[2]对迦叶糊涂笑捻，谩劳他诸天女访维摩[3]撒漫飞旋。俺特地采蘅芜[4]，踏穿阆苑，几度价寻怀梦摘遍琼田[5]。显神奇，要将他残英再接相思树，施伎俩，管教他落花重放并

---

[1] 根蟠鸑鷟：根蟠成凤的形状，形容树很老。

[2] 瞿昙：古代天竺人的姓。这里指释迦牟尼，佛教创始人。

[3] 维摩：释迦牟尼时的大居士。

[4] 蘅芜：一种仙草，能召回死人的魂魄。

[5] 寻怀梦摘遍琼田：怀梦，一种仙草。琼田，仙草生长的地方。

头莲。（童献灯科）献灯。（净捧灯科）这灯呵，烂辉辉灵光常向千秋照，灿荧荧心灯只为一情传。抵多少衡遥石怀中秘授，还形烛帐里高燃。他则要续痴情，接上这残灯焰，俺可待点神灯，照彻那旧冤愆。（童献法盏科）请吾师咒水。（净捧水科）这水呵，曾游比目，曾泛双鸳。你漫道当日个如鱼也那得水，可知道到头来，水、米也没有半点交缠。数不尽情河爱海波终竭，似那等幻泡浮沤浪易掀。他只道曾经沧海难为水，怎如俺这一滴杨枝彻九泉[1]。（童）供养已毕，请问吾师如何行法召魂咱？（净）你与我把招魂衣撮，遗照图悬，龙墀净扫，凤幄高搴。等到那二更以后，三鼓之前，眠猊不吠，宿鸟无喧，叶宁树杪，虫息阶沿，露明星黯，月漏风穿，潜潜隐隐，冉冉翩翩，看步珊珊是耶非一个佳人现，才折证人间幽恨，地下残缘。

（内奏法音科）（丑捧青词[2]上）九天青鸟使，一幅紫鸾书。（进跪科）高力士奉太上皇之命，谨送青词到此。（童接词进上科）（净向丑拱科）中官，且请坛外少候片时。（丑应下）（净）

【油葫芦】俺子见御笔青词写凤笺，漫从头仔细展。单子为死离生别那婵娟，牢守定真情一点无更变。待想他芳魂两下重相见，俺索召李夫人[3]来帐中，煞强如西王母

---

[1] 这一滴杨枝彻九泉：杨枝净水能从九泉之下把杨贵妃召回来。

[2] 青词：道教举行斋醮时祈祷用的一种文体。

[3] 李夫人：汉武帝的宠姬。相传她死后武帝甚为思念，方士李少翁施法将李夫人魂魄召入帷帐，武帝得以相见。

临殿前，稳情取汉刘郎[1]遂却心头愿，向今宵同款款话因缘。

（动法器科）（净作法、焚符念科）此道符章，鹤翥鸾翔，功曹符使，速莅坛场。（杂扮符官骑马舞上，见科）仙师，有何法旨？（净付符科）有烦使者，将此符命，速召贵妃杨氏阴魂到坛者。（杂接符科）领法旨。（做上马绕场下）（净）

【天下乐】俺只见力士黄巾去召宣，扬也波鞭，不暂延。管教他闪阴风一灵儿勾向前。俺这里静悄悄坛上躬身等，他那里急煎煎宫中望眼穿。呀，怎多半日云头不见转？

为何此时还不到来，好疑惑也！

【那吒令】阔迢迢山前水前，望香魂渺然。黯沉沉星前月前，盼芳容杳然。冷清清阶前砌前，听灵踪悄然。不免再烧一道催符去者。（焚符科）蠢硃符不住烧，歹剑诀[2]空掐遍，枉念杀波没准的真言[3]。

（杂上见科）复仙师：小圣人间遍觅杨氏阴魂，无从召取。（净）符使且退。（杂）领法旨。（舞下）（净下坛科）童儿，请高公公相见者。（童向内请科）高公公有请。（丑上）玉漏听长短，芳魂问有无？（见科）仙师，杨娘娘可曾召到么？（净）方才符使到来，说娘娘无从召取。（丑）呀，如此怎生是好？（净）公公且去复旨，待贫道就在坛中，飞出元神，不论上天入地，

---

[1] 汉刘郎：即汉武帝。这里借代唐明皇。

[2] 剑诀：道家仗剑作法时念作的手势。

[3] 没准的真言：没有灵验的咒语。

好歹寻着娘娘。不出三日，定有消息回报。（丑）太上皇思念甚切，仙师是必[1]用意者。且传方士语，去慰上皇情。（下）（内细乐，净更鹤氅科）童儿在坛小心祗候，俺自打坐出神去也。

（童）领法旨。（内鸣钟、鼓各二十四声，净上坛端坐，叩齿作闭目出神科）

（童）你看我师出神去了。不免放下云帏，坛下伺候则个。（作放坛上帐幔，净暗下）（童）坛上钟声静，天边云影闲。（同下）（末扮道士元神从坛后转行上）

【鹊踏枝】暝子里出真元，抵多少梦游仙。俺则待踏破虚空，去访婵娟。贫道杨通幽，为许上皇寻觅杨妃魂魄，特出元神，到处遍求。如今先到那里去者？（思科）嗄，有了，且慢自叫阊阖[2]轻干玉殿，索先去赴幽冥大索黄泉。

来此已是酆都城了。（向内科）森罗殿上判官何在？（判跳上，小鬼随上）善恶细分铁算子，古今不出大轮回。仙师何事降临？（末）贫道特来寻觅大唐贵妃杨玉环鬼魂。（判）凡是宫嫔妃后，地府另有文册。仙师请坐，且待呈簿查看。（末坐科，鬼送册，判递册科）（末看科）

【寄生草】这是一本宫嫔册，历朝妃后编。有一个㾆

---

[1] 是必：务必。

[2] 阊阖：神话中的天门。

弧箕服把周宗殄[1]，有一个牝鸡野雉把刘宗煽[2]，有一个蛾眉狐媚把唐宗变[3]。好奇怪，看古今来椒房金屋尽标题，怎没有杨太真名字其中现。

地府既无，贫道去了。不免向天上寻觅一遭也。（虚下）（判跳舞下，鬼随下）（二仙女旌幢，引贴朝服，执拂上）高引霓旌朝绛阙[4]，缓移凤舄[5]踏红云。吾乃天孙织女，因向玉宸[6]朝见，来到天门。前面一个道士来了。看是谁也？（末上）

【幺篇】拔足才离地，飞神直上天。（见贴科）原来是织女娘娘，小道杨通幽叩首。（贴）通幽免礼，到此何事？（末）小道奉大唐太上皇之命，寻访玉环杨氏之魂。适从地府求之不得，特来天上找寻。谁知天上亦无，因此一径出来。若不是伴嫦娥共把蟾宫恋，多敢是趁双成[7]同向瑶池现。（贴）通幽，那玉环之魂，原不在地下，不在天上也。（末）呀，

---

[1] 有一个檿弧箕服把周宗殄：此句意指褒姒把西周灭了。相传周宣王时有民谣："檿弧箕服，实亡周国。"檿弧，山桑做的弓。箕服，装箭的袋子。据《史记·周本纪》，周宣王命令捕杀贩卖檿弧、箕服的夫妇俩，但是他们逃走了。这一对夫妇在路上收留了一个弃婴，她就是后来的褒姒。

[2] 有一个牝鸡野雉把刘宗煽：汉高祖皇后吕雉专权，汉高祖死后，她曾害死了许多姓刘的宗亲。

[3] 有一个蛾眉狐媚把唐宗变：武则天原来是唐高宗李治的皇后，后来自立称帝，改国号为周。

[4] 绛阙：天宫的绛红色门阙。

[5] 凤舄：仙女或后妃的花鞋。

[6] 玉宸：天帝居处。

[7] 双成：仙女名。

悄冥冥云收雨歇，恨茫茫只落得死断生绝。

【雁过声】［换头］（贴）听说，旧情那些。似荷丝劈开未绝，生前死后无休歇。万重深，万重结。你共他两边既恁疼热，况盟言曾共设，怎生他陡地心如铁，马嵬坡便忍将伊负也？

【倾杯序】［换头］（旦泪介）伤嗟，岂是他顿薄劣！想那日遭磨劫，兵刃纵横，社稷阽危，蒙难君王怎护臣妾？妾甘就死，死而无怨，与君何涉！（哭介）怎忘得定情钗盒那根节。

（出钗、盒与贴看介）这金钗、钿盒，就是君王定情日所赐。妾被难之时，带在身边。携入蓬莱，朝夕佩玩，思量再续前缘。只不知可能够也？（贴）

【玉芙蓉】你初心誓不赊，旧物怀难撤。太真，我想你马嵬一事，是千秋惨痛此恨独绝。谁道你不将殒骨留微憾，只思断头香再爇。蓬莱阙，化愁城万叠。（还旦钗、盒介）只是你如今已证仙班，情缘宜断。若一念牵缠呵，怕无端又令从此堕尘劫。

（旦）念玉环呵，

【小桃红】位纵在神仙列，梦不离唐宫阙。千回万转情难灭。（起介）娘娘在上，倘得情丝再续，情愿谪下仙班。双飞若注鸳鸯牒，三生旧好缘重结。（跪介）又何惜人间再受罚折！

（贴扶介）太真，坐了。我久思为你重续前缘。只因马嵬之事，恨唐帝情薄负盟，难为作合。方才见道士杨通幽，说你遭难之后，唐帝痛念不衰，特令通幽升天入地，各处寻觅芳魂。我念他如此钟情，已指引通幽到蓬莱山了。还怕你不无遗憾，故此召问。今知两下真情，合是一对。我当上奏天庭，使你两人世居忉利天[1]中，永远成双，以补从前离别之恨。

【催拍】那壁厢人间痛绝，这壁厢仙家念热：两下痴情恁奢，痴情恁奢。我把彼此精诚，上请天阙。补恨填愁，万古无缺。（旦背泪介）还只怕孽障周遮[2]，缘尚蹇，会犹赊。

（转向贴介）多蒙娘娘怜念，只求与上皇一见，于愿足矣。（贴）也罢。闻得中秋之夕，月中奏你新谱《霓裳》，必然邀你。恰好此夕正是唐帝飞升之候。你可回去，令通幽届期径引上皇，到月宫一见。何如？（旦）只恐月宫之内，不便私会。（贴）不妨。待我先与姮娥说明。你等相见之时，我就奏请玉音到来，使你情缘永证便了。（旦）多谢娘娘，就此告辞。（贴）

【尾声】团圆等待中秋节，管教你情偿意惬。（旦）只我这万种伤心见他时怎地说！

（旦）身前身后事茫茫，天竺牧童

　　却厌仙家日月长。曹唐

（贴）今日与君除万恨，薛逢

　　月宫琼树是仙乡。薛能

---

[1]忉利天：佛教用语。佛界中欲界六重天的第二重。

[2]周遮：这里作深重解。

第四十八出　寄情

【南吕过曲】【懒画眉】（末扮道士元神上）海外曾闻有仙山，山在虚无缥缈间。贫道杨通幽，适见织女娘娘，说杨妃在蓬莱山上。即便飞过海上诸山，一径到此。见参差宫殿彩云寒。前面洞门深闭，不免上前看来。（看介）试将银榜端详觑。（念介）玉妃太真之院。呀，是这里了。（做抽簪叩门介）不免抽取琼簪轻叩关。

【前腔】（贴扮仙女上）云海沉沉洞天寒，深锁云房鹤径闲。（末又叩介）（贴）谁来花下叩铜环？（开门介）是那个？（末见介）贫道杨通幽稽首。（贴）到此何事？（末）大唐太上皇帝，特遣贫道问候玉妃。（贴）娘娘到璇玑宫去了，请仙师少待。（末）原来如此。我且从容伫立瑶阶上。（贴）远远望见娘娘来了。（末）遥听仙风吹佩环。

【前腔】（旦引仙女上）归自云中步珊珊，闻有青鸾信远颁。（见末介）呀，果然仙客候重关。（贴迎介）（旦）道士何来？（贴）正要禀知娘娘，他是唐家天子人间使，衔命迢遥来此山。

（旦进介）既是上皇使者，快请相见。（仙女请末进介）（末见科）贫道杨通幽稽首。（旦）仙师请坐。（末坐介）（旦）请问仙师何来？（末）贫道奉上皇之命，特来问候娘娘。（旦）上皇安否？（末）

上皇朝夕思念娘娘，因而成疾。

【宜春令】自回銮后，日夜思，镇昏朝潸潸泪滋。春风秋雨，无非即景伤心事。映芙蓉人面俱非，对杨柳新眉谁试？特地将他一点旧情，倩咱传示。

【前腔】（旦泪介）肠千断，泪万丝。谢君王钟情似兹。音容一别，仙山隔断违亲侍。蓬莱院月悴花憔，昭阳殿人非物是。漫自将咱一点旧情，倩伊回示。

（末）贫道领命。只求娘娘再将一物，寄去为信。（旦）也罢。当年承宠之时，上皇赐有金钗、钿盒，如今就分钗一股，劈盒一扇，烦仙师代奏上皇。只要两意能坚，自可前盟不负。（作分钗、盒，泪介）侍儿，将这钗、盒送与仙师。（贴递钗、盒与末介）（旦）仙师请上，待妾拜烦。（末）不敢。（拜介）

【三学士】旧物亲传全仗尔，深情略表孜孜。半边钿盒伤孤另，一股金钗寄远思。幸达上皇，只愿此心坚似始，终还有相见时。

（末）贫道还有一说，钗、盒乃人间所有之物，献与上皇，恐未深信。须得当年一事，他人不知者，传去取验，才见贫道所言不谬。（旦）这也说得有理。（旦低头沉吟介）

【前腔】临别殷勤重寄词，词中无限情思。哦，有了。记得天宝十载，七月七夕长生殿，夜半无人私语时。那时上皇与妾并肩而立，因感牛女之事，密相誓心：愿世世生生，永为夫妇。（泣介）谁知道比翼分飞连理死，绵绵恨无尽止。

（末）有此一事，贫道可复上皇了。就此告辞。（旦）且住，还有一言。今年八月十五日夜，月中大会，奏演《霓裳》，恰好此夕，正是上皇飞升之候。我在那里专等一会，敢烦仙师届期指引上皇到彼。失此机会，便永无再见之期了。（末）贫道领命。（旦）仙师，说我

含情凝睇谢君王，白居易

尘梦何如鹤梦长。曹唐

（末）密奏君王知入月，王建

众仙同日听《霓裳》。李商隐

第四十九出　得信

【仙吕引子】【醉落魄】（生病装，宫女扶上）相思透骨沉疴久，越添消瘦。蘅芜烧尽魂来否[1]？望断仙音，一片晚云秋。

黯黯愁难释，绵绵病转成。哀蝉将落叶，一种为伤情。寡人梦想妃子，染成一病。因令方士杨通幽摄召芳魂，谁料无从寻觅。通幽又为我出神访求去了。唉，不知是方士妄言，还不知果能寻着？寡人转展萦怀[2]，病体越重。已遣高力士到坛打听，还不见来。对着这一庭秋景，好生悬望[3]人也！

【仙吕过曲】【二犯桂枝香】[桂枝香]叶枯红藕，条疏青柳。淅剌剌满处西风，都送与愁人消受。[四时花]悠悠，欲眠不眠敧枕头。非耶是耶睁望眸。问巫阳[4]，浑未剖。[皂罗袍]活时难救，死时怎求？他生未就，此生顿休。[桂枝香]可怜他渺渺魂无觅，量我这恹恹病怎瘳。

【不是路】（丑持钗、盒上）鹤转瀛洲，信物携将远寄投。

---

[1]蘅芜烧尽魂来否：汉武帝曾令方士燃烧蘅芜以招李夫人之魂。

[2]萦怀：牵挂在心。

[3]悬望：盼望，挂念。

[4]巫阳：神话中的巫师。

忙回奏,（见生叩介）仙坛传语慰离忧。（生）高力士,你来了么？问音由,佳人果有佳音否？莫为我淹煎把浪语诌。（丑）万岁爷听启,那仙师呵,追寻久,遍黄泉碧落俱无有。（生惊哭介）呀,这等说来,妃子永无再见之期了。兀的不痛杀寡人也！（丑）万岁爷,请休僝僽[1]。

那仙师呵,

【前腔】御气遨游,遇织女传知在海上洲。（生）可曾得见？（丑）蓬莱岫,见太真仙院傍高头。（生）元来妃子果然成仙了。可有什么说话？（丑）说来由,含情只谢君恩厚,下望尘寰两泪流。（生）果然有这等事？（丑）非虚谬,有当年钿盒亲分授,寄来呈奏。

（进钗、盒介）这钿盒、金钗,就是娘娘临终时,付奴婢殉葬的。不想娘娘携到仙山去了。（生执钗、盒大哭介）我那妃子嗄,

【长拍】钿盒分开,钿盒分开,金钗拆对,都似玉人别后,单形只影,两载寡侣,一般儿做成离愁。还忆付伊收,助晓妆云鬟,晚香罗袖。此际轻分远寄与,无限恨个中留,见了怎生释手。枉自想同心再合,双股重俦。

且住。这钗、盒乃人间之物,怎到得天上？前日墓中不见,朕正疑心,今日如何却在他手内？（丑）万岁爷休疑,那仙师早已虑及,向娘娘问得当年一件密事在此。（生）是那一事,你可说来。（丑）娘娘呵,把

---

[1] 僝僽：烦恼,忧愁。

【短拍】天宝年间，天宝年间，长生殿里，恨茫茫说起从头。七夕对牵牛，正夜半凭肩私咒。（生）此事果然有之。谁料钗分盒剖！（泣介）只今日呵，翻做了孤雁汉宫秋[1]。

（丑）万岁爷，且省愁烦。娘娘还有话说。（生）还说甚么？（丑）娘娘说，今年中秋之夕，月宫奏演《霓裳》，娘娘也在那里。教仙师引着万岁爷，到月宫里相会。（生喜介）既有此话，你何不早说。如今是几时了？（丑）如今七月将尽，中秋之期只有半月了。请万岁爷将息龙体。（生）妃子既许重逢，我病体一些也没有了。

【尾声】广寒宫，容相就。十分愁病一时休。倒挨不过人间半月秋！

海外传书怪鹤迟，卢纶

词中有誓两心知。白居易

更期十五团圆夜，徐夤

纵有清光知对谁！戴叔伦

---

[1] 孤雁汉宫秋：此处用王昭君出塞后汉元帝闻孤雁鸣叫而伤感的故事。

第五十出　重圆

【双调引子】【谒金门】（净扮道士上）情一片，幻出人天姻眷。但使有情终不变，定能偿夙愿。

贫道杨通幽，前出元神在于蓬莱。蒙玉妃面嘱，中秋之夕引上皇到月宫相会。上皇原是孔昇真人[1]，今夜八月十五数合飞升。此时黄昏以后，你看碧天如水，银汉无尘，正好引上皇前去。道犹未了，上皇出宫来也。（生上）

【仙吕入双调】【忒忒令】碧澄澄云开远天，光皎皎月明瑶殿。（净见介）上皇，贫道稽首。（生）仙师少礼。今夜呵，只因你传信，约蟾宫相见，急得我盼黄昏，眼儿穿。这青霄际，全托赖引步展。

（净）夜色已深，就请同行。（行介）（净）明月在何许？挥手上青天。（生）不知天上宫阙，今夕是何年？（净）我欲乘风归去，只恐琼楼玉宇，高处不胜寒。（合）起舞弄清影，何似在人间。（生）仙师，天路迢遥，怎生飞渡？（净）上皇，不

---

[1] 上皇原是孔昇真人：据唐代郑处诲《明皇杂录·逸文》："明皇自为上皇，尝玩一紫玉笛。一日吹笛，有双鹤下，顾左右曰：'上帝召我为孔昇真人。'未几果崩。"

必忧心。待贫道将手中拂子，掷作仙桥，引到月宫便了。（掷拂子化桥下）（生）你看，一道仙桥从空现出。仙师忽然不见，只得独自上桥而行。

【嘉庆子】看彩虹一道随步显，直与银河霄汉连，香雾蒙蒙不辨。（内作乐介）听何处奏钧天，想近着桂丛边。

（虚下）（老旦引仙女，执扇随上）

【沉醉东风】助秋光玉轮正圆，奏《霓裳》约开清宴。吾乃月主嫦娥是也。月中向有《霓裳》天乐一部，昔为唐皇贵妃杨太真于梦中闻得，遂谱出人间。其音反胜天上。近贵妃已证仙班。吾向蓬山觅取其谱，补入钧天。拟于今夕奏演。不想天孙怜彼情深，欲为重续良缘。要借我月府，与二人相会。太真已令道士杨通幽引唐皇今夜到此，真千秋一段佳话也。只为他情儿久，意儿坚，合天人重见。因此上感天孙为他方便。仙女每，候着太真到时，教他在桂阴下少待。等上皇到来见过，然后与我相会。（仙女）领旨。（合）桂华正妍，露华正鲜。撮成好会在清虚府洞天。

（老旦下）（场上设月宫，仙女立宫门候介）（旦引仙女行上）

【尹令】离却玉山仙院，行到彩蟾月殿，盼着紫宸人面[1]。三生愿偿，今夕相逢胜昔年。

（到介）（仙女）玉妃请进。（旦进介）月主娘娘在那里？（仙女）娘娘分付，请玉妃少待。等上皇来见过，然后相会。请少坐。

---

[1] 紫宸人面：指唐明皇。

（旦坐介）（仙女立月宫傍候介）（生行上）

【品令】行行度桥，桥尽漫俄延。身如梦里，飘飘御风旋。清辉正显，入来翻不见。只见楼台隐隐，暗送天香扑面。（看介）广寒清虚之府^[1]，呀，这不是月府么？早约定此地佳期，怎不见蓬莱别院仙！

（仙女迎介）来的莫非上皇么？（生）正是。（仙女）玉妃到此久矣，请进相见。（生）妃子那里？（旦）上皇那里？（生见旦哭介）我那妃子呵！（旦）我那上皇呵！（对抱哭介）（生）

【豆叶黄】乍相逢执手，痛咽难言。想当日玉折香摧，都只为时衰力软，累伊冤惨，尽咱罪愆。到今日满心惭愧，到今日满心惭愧，诉不出相思万万千千。

（旦）陛下，说那里话来！

【姐姐带五马】[好姐姐]是妾孽深命蹇，遭磨障累君几不免。梨花玉殒，断魂随杜鹃。[五马江儿水]只为前盟未了，苦忆残缘，惟将旧盟痴抱坚。荷君王不弃，念切思专，碧落黄泉，为奴寻遍。

（生）寡人回驾马嵬，将妃子改葬。谁知玉骨全无，只剩香囊一个。后来朝夕思想，特令方士遍觅芳魂。

【玉交枝】才到仙山寻见，与卿卿把衷肠代传。（出钗、盒介）钗分一股盒一扇，又提起乞巧盟言。（旦出钗、盒介）妾的钗盒也带在此。（合）同心钿盒今再联，双飞重对钗头燕。

---

[1]广寒清虚之府：广寒宫，月宫。

漫回思，不胜黯然，再相看，不禁泪涟。

（旦）幸荷天孙鉴怜，许令断缘重续。今夕之会，诚非偶然也。

【五供养】仙家美眷，比翼连枝，好合依然。天将离恨补，海把怨愁填。（生合）谢苍苍可怜，泼情肠翻新重建。添注个鸳鸯牒，紫霄边，千秋万古证奇缘。

（仙女）月主娘娘来也。（老旦上）白榆历历月中影，丹桂飘飘云外香。（生见介）月姐拜揖。（老旦）上皇稽首。（旦见介）娘娘稽首。（老旦）玉妃少礼，请坐了。（各坐介）（老旦）上皇，玉妃，恭喜仙果重成，情缘永证。往事休提了。

【江儿水】只怕无情种，何愁有断缘。你两人呵，把别离生死同磨炼，打破情关开真面，前因后果随缘现。觉会合寻常犹浅，偏您相逢，在这团圆宫殿。

（仙女）玉旨降。（贴捧玉旨上）织成天上千丝巧，绾就人间百世缘。（生、旦跪介）（贴）玉帝敕谕唐皇李隆基、贵妃杨玉环：咨尔二人，本系元始孔昇真人、蓬莱仙子。偶因小谪，暂住人间。今谪限已满，准天孙所奏，鉴尔情深，命居忉利天宫，永为夫妇。如敕奉行。（生、旦拜介）愿上帝圣寿无疆。（起介）（贴相见，坐介）（贴）上皇，太真，你两下心坚，情缘双证。如今已成天上夫妻，不比人世了。

【三月海棠】忉利天，看红尘碧海须臾变。永成双作对总没牵缠。游衍，抹月批风随过遣，痴云腻雨无留恋。收拾钗和盒，旧情缘，生生世世消前愿。

（老旦）群真既集，桂宴宜张。聊奉一觞，为上皇、玉妃称贺。看酒过来。（仙女捧酒上）酒到。（老旦送酒介）

【川拨棹】清虚殿，集群真，列绮筵。桂花中一对神仙，桂花中一对神仙，占风流千秋万年。（合）会良宵人并圆，照良宵月也圆。

【前腔】［换头］（贴向旦介）羡你死抱痴情犹太坚，（向生介）笑你生守前盟几变迁。总空花幻影当前，总空花幻影当前，扫凡尘一齐上天。（合）会良宵人并圆，照良宵月也圆。

【前腔】［换头］（生、旦）敬谢嫦娥把衷曲怜，敬谢天孙把长恨填。历愁城苦海无边，历愁城苦海无边，猛回头痴情笑捐。（合）会良宵人并圆，照良宵月也圆。

【尾声】死生仙鬼都经遍，直作天宫并蒂莲，才证却长生殿里盟言。

（贴）今夕之会，原为玉妃新谱《霓裳》。天女每那里？（众天女各执乐器上）夜月歌残鸣凤曲，天风吹落步虚声。天女每稽首。（贴）把《霓裳羽衣》之曲，歌舞一番。（众舞介）

【高平调】【羽衣第三叠】［锦缠道］桂轮芳，按新声分排舞行。仙佩互趋跄，趁天风，惟闻遥送叮咚。［玉芙蓉］宛如龙起游千状，翩若鸾回色五章。霞裙荡，对琼丝袖张。［四块玉］撒团团翠云，堆一溜秋光。［锦渔灯］袅亭亭现缑岭笙边鹤氅，艳晶晶会瑶池筵畔虹幢，香馥馥蕊殿[1]群姝散玉芳。［锦上花］

---

[1]蕊殿：蕊珠宫。仙女所住的地方。

呈独立鹄步昂，偷低度凤影藏。敛衣调扇恰相当，［一撮棹］一字一回翔。［普天乐］伴洛妃，凌波样；动巫娥，行云想。音和态宛转悠扬。［舞霓裳］珊珊步蹴高霞唱，更泠泠节奏应宫商。［千秋岁］映红蕊，含风放；逐银汉，流云漾。不似人间赏，要铺莲慢踏[1]，比燕轻扬。［麻婆子］步虚[2]步虚瑶台上，飞琼引兴狂。弄玉[3]弄玉秦台上，吹箫也自忙。凡情仙意两参详。［滚绣球］把钧天换腔，巧翻成余弄儿盘旋未央。［红绣鞋］银蟾亮，玉漏长，千秋一曲舞《霓裳》。

（贴）妙哉此曲，真个擅绝千秋也。就借此乐，送孔昇真人同玉妃，到忉利天宫去。（老旦）天女每，奏乐引导。（天女鼓乐引生、旦介）

【黄钟过曲】【永团圆】神仙本是多情种，蓬山远，有情通。情根历劫无生死，看到底终相共。尘缘倥偬，忉利有天情更永。不比凡间梦，悲欢和哄，恩与爱，总成空。跳出痴迷洞，割断相思鞚。金枷脱，玉锁松。笑骑双飞凤，潇洒到天宫。

【尾声】旧《霓裳》，新翻弄。唱与知音心自懂，要使情留万古无穷。

---

[1]铺莲慢踏：据《南史》，齐东昏侯用金片打造莲花铺地，好让潘妃在上面走。

[2]步虚：仙乐。相传西王母见汉武帝时，叫仙女许飞琼演奏乐器。

[3]弄玉：相传是秦穆公的女儿，嫁给善吹箫的少年萧史为妻。秦穆公为他俩筑凤台为居所。数年后弄玉乘凤、萧史乘龙，升天而去。

谁令醉舞拂宾筵，张说

上界群仙待谪仙。方干

一曲《霓裳》听不尽，吴融

香风引到大罗天。韦绚

看修水殿号长生，王建

天路悠悠接上清。曹唐

从此玉皇须破例，司空图

神仙有分不关情。李商隐